Falling in

다락방 N
001

거기, 마녀가

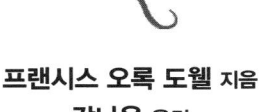
falling in

프랜시스 오록 도웰 지음
강나은 옮김

도서출판 **또하나의문화**

FALLING IN by Frances O'Roark Dowell

Copyright ⓒ 2010 by Frances O'Roark Dowell
All rights reserved.
This Korean edition was published by Alternative Culture Publishing Co.
in 2010 by arrangement with Atheneum Books For Young Readers,
an imprint of Simon & Schuster Children's Publishing Division
through KCC(Korea Copyright Center Inc.), Seoul.
이 책은 (주)한국저작권센터(KCC)를 통한 저작권자와의 독점 계약으로
도서출판 또하나의문화에서 출간되었습니다. 저작권법에 의해 한국 내에서
보호를 받는 저작물이므로 무단 전재와 복제를 금합니다.

거실 벽장 아래에서 벌어지는 축제 이야기를 지어 낼 때 도와준 오빠 디,
그리고 그 이야기를 믿어 준 남동생 더그에게
이 책을 바칩니다.

감사의 말

이 책을 만들기까지 도움을 주신 많은 분들께 감사의 인사를 전하고 싶습니다. 편집자 케이틀린 들라우이와 부편집자 카일리 프랭크, 두 분은 정말 편집의 귀재이십니다. 리지 디와 바버라 디는 이번에도 책에 어울리는 제목을 찾도록 도와주었고, 소니아 차가츠배니언은 표지와 본문을 기막히게 멋지게 디자인해 주었습니다. 앨리슨 벨레아는 원고를 다듬는 데 탁월한 솜씨를 보여 주었고, 엘리자베스 블레이크-린은 진짜 멋지게 반짝거리는 표지가 나올 수 있도록 애써 주었습니다. 더럼 아카데미 트레나 그리피스-호킨스 선생님의 2008-2009 학생들은 『Falling In — 거기, 마녀가』를 처음 들어 주었습니다. 모두 고맙습니다.

또한 가족 친지 여러분께도 고마움을 전합니다. 하나같이 친절하고 재미있고 엄청나게 잘생겼을 뿐 아니라, 제가 책을 쓸 수 있을 정도로 정신을 가다듬고 살 수 있도록 도와주시는 에이미 그래험, 캐서린 해리스, 톰 해리스, 대니엘 폴, 시집과 친정 식구들, 정말로 멋진 조니카스 소녀들. 그리고 사랑하는, 정말 정말 사랑하는 남편 클리프튼, 두 아들 잭과 윌(아, 물론 트래비스도).

어디에든 틈이 있다. 빛이 들어오는 길이.

― 레너드 코헨

1

 이야기가 시작되던 날 아침, 이자벨은 금방이라도 우주의 입구가 열리기를 기다리고 있었다. 그래서다. 그래서 담임이 칠판에 적어 준 단어들을 베껴 적지 않고, 책상에 한쪽 귀를 찰싹 붙이고 있었던 것이다. 아침부터 연필을 종이에 댈 때마다 윙, 하는 알 수 없는 진동음을 느낀 이자벨. 철자법 수업이 시작될 무렵엔 이 윙윙거림이 교실 바닥에서부터 책상 다리를 타고 책상 위로 올라오는 게 분명하다는 확신이 들었다.
 이자벨은 두 눈을 감고 소리에 좀 더 집중했다. 아무도 없는 집에서 나는 윙윙 소리와도 비슷했다. 부엌에선 낮은 모터 소리를 내며 냉장고가 돌아가고, 구석에서는 컴퓨터 본체가 골골대고, 벽과 마룻바닥 밑에 굽이굽이 깔린 전선들이 조용히 색색거리는 빈집의 소리 말이다.

주변의 소리에 어제 오늘 귀를 기울인 이자벨이 아니었기에, 지금 이 윙윙거림의 정체가 학교가 아니란 것도 알 수 있었다. 엘리엇 피 행데일 중학교는 아이들이 저마다 책상에 자리 잡고 교사들이 헛기침을 하는 아침 무렵엔 끙끙 앓는 소리를 냈고, 이 구석 저 구석에서 학생들, 경비원, 행정실 직원들까지 꾸벅꾸벅 졸아 대는 고요한 오후엔 꼭 누구에게 물 한잔만 갖다 달라고 떼를 쓰는 것처럼 묵직이 웅웅거렸지만 이렇게 윙윙대는 법은 없었다.

  그러니 귀를 간질이는 이 소리의 정체가 학교는 아니라는 건데, 그럼 대체 뭘까? 이자벨은 조금만 더 가만히 책상에 귀를 대고 있으면, 교실 바닥에서 답이 솟아올라 제 머릿속으로 스르르 들어와 줄 것 같았다. 그러다 어쩌면 발아래 교실 바닥이 활짝 열려, 적어도 지금 여기, 6학년 샤프 선생님 반 교실보다는 훨씬 흥미진진한 어딘가로 빠져 들어갈 것도 같았……

  "이자벨 빈! 선생님이 질문하잖아! 왜 대답을 안 해?"

  이자벨은 번쩍 고개를 쳐들었다. 목이 하도 세게 뒤로 꺾였다가 반동해서 머리통이 안 떨어져 나간 게 신기했다. 이자벨의 팔다리와 목은 빽 외치는 담임 목소리를 들으면 늘 저절로 이렇게 반응했다. 마치 실에 묶인 꼭두각시 신세처럼. 찢어지는 담임 목소리엔 그 실을 멋대로 조종하는 힘이 있는 것처럼.

평소에 담임은 대체로 이자벨을 그냥 무시해 넘기는 편이었다. 이자벨 입장에선 고맙게도. 하지만 아무리 그런 담임이라 해도 이렇게 대놓고 엎드려 자는 것처럼 보이는 꼴은 그냥 넘길 수가 없었다.

"답이 뭐지, 이자벨?"

담임이 손가락으로 교탁을 계속 두드렸다. 인내심이 바닥나고 있다는 신호.

"백 구십……칠?"

떠오르는 아무 숫자나 때려 놓고서, 뒤늦게 생각났다. 지금은 수학 시간이 아니라 철자법 시간이었다.

킥킥거리고 웅성대는 반 아이들. 그중에서도 퍼구슨 모스는 이자벨의 대답이 그렇게나 웃긴 모양이었다. 녀석은 웃기면 격하게 딸꾹질을 한다. 그 꼴이 또 몬로 라크의 눈엔 숨넘어가게 재미난 모양이었다. 웃다 의자에서 떨어져 교실 바닥 한가운데를 데굴데굴 구를 정도로. 단 몇 초 만에 교실은 아수라장이 되었다.

교단에 서 있던 담임은 팔로 격하게 교실 문을 가리키며 소리쳤다.

"이자벨 빈! 교장실에 가 있어!"

하아, 하고 이자벨은 깃털 붓 같은 한숨을 내쉰다. 만날 똑같지, 똑같아. 담임은 좀 창의력 있는 생각을 해낼 수 없나? 뭐, 가령 이자벨을 대포로 운동장 정글짐 꼭대기에 쏘아 올린다든지, 아님 프랑스 외인부대에 입대시켜 프랑스에서 가장 후미지고 컴컴한 지역으로 추방시키는 건 어떨까?

어른들은 이래서 문제야, 하고 생각하며 이자벨은 우울한 심정으로 일어서 무릎에 묻은 지우개 가루를 털었다. 어째 하나같이 창조성이라곤 없을까? 바로 오늘 아침 식사 때만 해도 엄마는 이자벨에게 쇼핑센터에 같이 가자는, 답이 없이 지루한 제안을 했다.

엄마는 팔을 뻗어 잼병을 집으며,

"제니스 아줌마가 그러는데 지금 세일 크게 한대. 전 품목 20 퍼센트 세일이라는데."

"엄마, 진심이야? 나더러 '쇼핑센터' 가자고 했어, 지금?"

이자벨은 귀를 의심했다. 쇼핑센터? 우중충한 비옷이나 필요하지도 않은 추리닝 따위를 파는 그 쇼핑센터? 냄새는 기막힌데 먹어 보면 싱크대에 몇 달 동안 내버려 둔 스펀지 맛인 시나몬 번을 파는 그 쇼핑센터? 거길 간다는 생각만으로도 이자벨은 드러눕고 싶어졌다. 누워서 한 백 년 동안 자고 싶어졌다.

"남들 다 가는 쇼핑센터 넌 뭐가 그리 불만이야? 옷 사기 편하잖아."

엄마는 피곤하다는 듯한 목소리로 말했다. 엄마의 양미간에 실망 또는 걱정 또는 슬픔(혹은 이 셋이 합체한 침울함)의 브이(V) 자 주름이 생겼다.

"나 이제부터 내 옷 전부 직접 지어 입기로 했어."

이자벨은 말했다. 순간적으로 머릿속에서 반짝한 생각이었다. 이자벨에게 아이디어는 늘 이런 식으로 떠오른다. 불꽃이 반짝, 파스텔 톤 빛깔들이 찰칵, 터지며 머릿속에 별자리처럼 수놓인다. 그리고 바로 흡족해진다. 실제로는 바느질을 할 줄 모른다고 해도, 사실 손재주는 물갈퀴 달린 바다코끼리 정도 수준이라 해도 신경 쓰지 않는다. 왜 신경을 써야 하나?

"이자벨, 네가 무슨 수로……"

엄마는 말을 하려다 말아 버렸다. 그리고 잼병을 빤히 보다가 그 속에 든 (이자벨이 가장 좋아하는) 나무딸기 잼 한 숟갈을 조심스럽게 떠 자기 접시의 토스트 위에 올리고, 숟가락 뒷면으로 펴 발랐다. 그리고 토스트를 작은 삼각형 네 조각이 되도록 잘랐다. 한 조각을 들어 모서리를 베어 무는 엄마의 턱에 잼 한 방울이 떨어져 묻었다. 이자벨은 냅킨을 들고 팔을 뻗어 닦아 주려다, 가만 보니 잼 방울이 마음에 들었다. 애교점 같네, 하고.

"맞다. 깜빡했는데 나 쇼핑센터 알레르기 있잖아, 엄마."

이자벨은 엄마가 씹는 동안을 기다렸다가 말했다.

"그래도 엄마가 정 나랑 쇼핑을 하러 가고 싶으면, 우리 중고품 벼룩시장 가자. 재미있을 것 같지 않아?"

엄마는 얼굴을 찡그렸다.

"남이 입던 옷들 사 입자고? 난 어린 시절 내내 그런 옷 입고 컸어. 다락방 냄새나고 노인들 코 고는 냄새나."

"냄새나는 것도 있긴 하지. 근데 안 나는 것도 있어. 나면 빨면 되잖아."

엄마는 마지막 남은 토스트 조각을 입으로 가져가며 말했다.

"아무리 여러 번 빨아도 절대 안 없어지는 냄새야."

엄마는 접시를 들고 일어섰다. 부엌으로 가려던 엄마는 잠시 그대로 서 있다가, 갑자기 밝아진 얼굴로 이자벨을 보았다.

"이자벨, 그럼 우리 카탈로그 홈쇼핑 할까? 카탈로그 보고 네 물건 좀 골라서 주문해 보자."

아니, 뭐 하게? 하지만 이자벨은 고개를 끄덕였다.

"그래, 그러면 되겠다."

에효, 어른들이란, 이자벨은 이렇게 생각하며 가방을 집어 들고 등교 버스를 타러 나갔다. 쇼핑센터! 카탈로그! 왜 어른들은 조금이라도 평범치 않은 일은, 예상을 벗어나는 일은 하려 들지 않을까?

아무래도 게으른 탓이야. 아니면 상상력이 부족하거나.

그래, 그거다. 정답 = 상상력 부족.

가끔씩 이자벨은 어른 될 일이 심히 걱정스러웠다.

교장실로 향하는 복도는 친숙했다. 그동안 교사들의 성질을 폭발시키는 데 탁월한 재능을 뽐내 온 이자벨이었으니까. 하지만 그러려고 그러는 건 아니었다. 사실 이자벨은 자신이 뭘 어쩌길래 교사들의 혈압이 그리 위험한 수치까지 올라가는 건지 잘 알지 못했다. 알지 못하긴 교사들도 마찬가지였다. 그런데 그 점이 교사들에겐 더 열 받는 노릇이었다. 코 파는 아이, 불 지르는 아이, 말대답하는 아이, 때리는 아이, 무는 아이, 떼쓰는 아이를 다루는 법은 배워서 교사가 되었지만 조용해도 수줍어하지는 않는 여자아이, 늘 수수께끼 같은 말장난을 하지만 그렇다고 딱히 무례하다고 볼 수는 없는 여자아이, 그저 제 눈앞을 가리는 흐트러진 앞머리를 단정하게 빗지 않을 뿐인 여자아이들은 교사들이 다룰 수 있는 영역 바깥에 있으니까.

이자벨은 잠시 걸음을 늦추어 파머 선생님 반과 렌 선생님 반 사이 복도 벽에 걸린 5학년 아이들의 최근 그림들을 감상했다. 식당도 들여다보았다. 목청 높여 떠드는 아이들과 식기 건조기에서 막 나와 김이 모락모락 올라오는 노란 식판들로 북적거리는 아침 9시 반쯤이 지금보다 훨씬 생기 있는 공간이라는 생각이 들었다. 교장실 문손잡이를 잡으려다가, 이자벨은 우선 잠시 자체적으로 쉬는 시간을 좀 보내기로 마음먹었다. 교장 선생님과 면담하는 건 싫지 않았다. 하지만 지금 시간을 끌어야 교실로 돌아가는 시간이 늦춰지니까. 장기적인 관점에서.

회색 리놀륨으로 된 복도 바닥이 서늘하게 느껴졌다. 이자벨은 다리를 뻗어 신고 있던 부츠를 내려다보았다. 전날 누군가 길가에 버려 놓은 잡동사니 더미에서 발견했다. 이자벨은 사람들이 버린 물건들 사이에서 뭔가를 끊임없이 주워 오길 좋아했다. 엄마는 질색했지만 이자벨은 지난 몇 년 동안 쓸 만한 것들을 많이 얻었다. 예를 들면, 바퀴가 휜 자전거 한 대. 실한 망치질 두 번에 바퀴는 제 모양으로 돌아왔다. 그리고 아직 쌩쌩하게 어항에서 헤엄치고 있던 금붕어 한 마리도 데려왔다. 엄마는 집 안에 '동물' 엄금 규칙을 세워 두었지만, '어항 속에서만 움직이는'데 뭐 어떠냐는 주장으로 가뿐히 설득했다.

이 부츠도 버려진 낡은 안락의자 쿠션 밑에 쑤셔 박혀 있었다. 구두끈을 묶는 레이스업 스타일 여성용 빨간 가죽 부츠였다. 새것처럼 양호한 상태에 반들반들 윤이 나고, 낮은 단화 굽에 앞코는 놀랄 만큼 뾰족했다. 앞코에 휴지를 좀 채워 넣으니 지난여름에 1센티미터가 자란 이자벨의 발에 잘 맞았다. 물론 회색 후드 티에 헐렁한 청바지 따위를 입고 다니는 이자벨의 옷차림과는 어디로 보나 어울리지 않았지만, 이자벨은 이 부츠가 어딘지 모르게 제짝이라는 느낌이 들었다.

복도 저편에서 키득거리는 아이들의 목소리가 들려와 이자벨은 고개를 들었다. 체육복을 입은 여자아이 둘이 이쪽으로 걸어오고 있었다. 아니, 한 명은 걷고 한 명은 절뚝거리는 것 같았다. 옆 아이 어깨에 팔을 둘러 몸을 지탱하고 절뚝거리는 아이를 이자벨은 알아보았다. 찰리 벤더였다.

꼭 복도에서 누군가를 마주쳐야 한다면 찰리는 나쁘지 않은 편이라고 이자벨은 생각했다. 딱히 이자벨과 어울려 지낼 만한 아이는 아니었다. 체육 시간에 아이들끼리 팀을 뽑을 때면 대체로 서너 번째까지는 뽑히고, 앞에 나가 발표를 할 땐 처음에 약간 더듬거리다가도 곧 숨을 가다듬을 줄 알고, 얼마 전 리투아니아 남부의 주요 수입품에 대한 발표도 내내 지루하지만은 않았던, 그런 아이 치고는 괜찮을 뿐.

하지만 이자벨은 학교에서 오른쪽 다리보다 왼쪽 다리가 짧아 특별히 왼쪽 신발 굽을 더 높게 제작해 신고 다니는 모리스 크랜호프에게 알은체하는 몇 안 되는 아이들 중 한 명이 찰리라는 것을 알고 있었다. 그러니 아마 살구처럼 평범한 애 치고는 생각이 좀 있는 모양이라고 생각했다.

(살구가 평범한……가? 이자벨은 잠시 생각했다. 그럼 사과처럼이라고 하지 뭐. 아님 도토리처럼이라든지.)

찰리는 큰 소리로 마치 이자벨이 안내인인 것처럼 물었다.

"안에 보건 선생님 있어? 나 땅다람쥐 굴 땜에 이 꼴이라 치료 받아야 하거든."

"땅다람쥐 굴? 땅다람쥐 굴이 뭘 어쨌는데?"

"땅다람쥐 굴에 발 빠졌다고. 바보냐?"

찰리를 부축하고 있던 애가 대신 대답했다. 그리고 덧붙였다.

"얘가 운이 좋아서 발목 안 부러진 거야."

운이 좋아서, 이자벨은 혼잣말로 곱씹었다. 정말 그랬다. 찰리 벤더 같은 아이들은 대체로 운이 좋았다. 이자벨의 경험에 따르면 그랬다. 왜일까? 어째서 다른 사람이었다면 뼈 다섯 개쯤은 부러졌을 상황에서 이 세상의 찰리 벤더들은 발목을 삐기만 하고 마는 걸까, 어김없이. 이런 아이들은 꼭 비가 쏟아붓기 직전에 실내에 무사히 도착하고, 어느 자동차가 고속 질주로 코너를 돌며 보도를 위협하기 직전에 그 지점을 안전하게 지나간다. 찰리 벤더가 태어나던 날에는 도대체 어떤 요정들이 그 요람을 내려다보며 행운의 주문을 건 걸까?

"보건 선생님 계셔?"

찰리가 다시 물었다.

"나 보건실에 온 거 아니야."

이자벨의 대답에 찰리는 한숨을 쉬며,

"내가 들어가서 봐야겠네."

하고는 교장실 바로 옆 보건실 문으로 고개를 밀어 넣었다.

찰리를 부축해 온 아이가 물었다.

"계셔? 선생님이 너 부축해 주고 바로 교실로 돌아오라고 했거든. 그런데 안에 안 계시면 오실 때까지 내가 같이 기다려 줘도 될 것 같아."

"안 계셔. 근데 나 혼자 기다려도 돼. 난 상관없어."

찰리의 대답에 친구는 좀 더 잡아 주려는 기색 없이 교실로 총총 돌아갔고 찰리도 혼자 보건실로 들어갔다. 그래서 이자벨도 다시 빨간 부츠 감상의 시간으로 돌아갔다.

그런데 갑자기 날카로운 비명이 울렸다. 뒤이어 찍찍거리는 소리까지. 둘 다 보건실에서 났다. 비명은 분명 찰리 목소리였는데, 찍찍 소리는 뭐지?

흥미로워진 이자벨, 소리의 정체를 알아보기로 했다.

2

하지만 여기서 잠깐, 우선 이자벨 빈에 대해 좀 더 짚고 넘어가겠다.

(왜, 그냥 이야기 계속하라고? 이야기 막 시작하려는데 맥 끊기는 거 너무 싫다고? 나도 싫어한다. 정말 공감한다. 하지만 딱 1분, 아니 2분만. 정말로.)

물론 이자벨은 여러분이 아는 아이다. 교실 뒤쪽 구석, 연필깎이 근처 책상에 앉는 여자아이. 정확히 투명인간은 아니지만, 뭐 거의 그렇다고 할 수 있는 아이. 누가 먼저 말을 걸지 않으면 입을 열지 않고, 입을 열더라도 수수께끼 같은 말장난만 하는 아이. 절대 눈을 마주치지 않는 아이. 설사 눈을 똑바로 들여다보고 싶어도 코까지 내려온 앞머리에 가려 보이지 않는 아이.

아, 물론 누군가 이자벨의 눈을 마주 보고 싶어 하는 일 자체가 거의 없고.

이자벨에게서 냄새라도 나냐고? 아니, 아니. 냄새나긴. 매일 목욕을 하는데. 그렇다고 이자벨이 머리가 심하게 나쁘냐 하면, 그것도 아니다. 비록 내킬 때 빼고는 숙제를 안 하는 나쁜 버릇은 있지만. 참고로, 내킬 때는 거의 없다.

그렇다고 이자벨이 아이들을 괴롭히는 것도 아니다. 이자벨은 단 한 번도 누굴 때려눕힌 적이 없다. 티끌만 한 협박도 한 적 없다. 아무도 이자벨이 곁에 온다고 신상의 위협을 느끼지 않는다. 아, 같은 반 아주 상냥한 몇몇 여자애들이 약간 무서워하긴 한다. 왜, 머리카락에서는 사과꽃 향기가 나고 밤엔 아직도 엄마가 들려주는 이야기를 들으며 잠드는 여자애들 말이다. 이런 애들은 꼭 이자벨 책상 근처에 가는 일을 안 만들려고 집에서 연필을 다 깎아 가지고 온다.

이자벨에겐 다른 아이들과 조금 다른 뭔가가 있었다. 정수리에서부터 엉덩이께까지 드리워진 눈에 보일 듯 말 듯한 은빛 실. 이것 때문에 아이들은 겁을 먹고 피했다. 이자벨에게 너무 가까이 가면 그 실이 제 머리카락에 감겨 와 어딘가 되돌아올 수 없는 어두운 곳으로 자신을 낚아채 가 버릴까 봐 두려웠던 것이다. '제나'라는 여자애의 증언도 있었다. 어느 날 쉬는 시간, 복도를 걷다가 이자벨의 그 은빛 실이 자신에게 스멀스멀 다가오는 걸 목격했단다. 그때 마침 주머니에 가위가 들어 있어서(왜냐고 묻지는 마시라) 무사히 그 실을 끊어 버렸단다.

교실 뒤 한구석에 앉는 아이. 식물처럼 조용한 아이. 마치 전염병이라도 걸린 듯 모두가 피하는 아이. 물론 친구도 없고. 아, 2학년 때 한 명 있었다. 항상 손톱 밑에 어제 놀던 흙이 그대로던 아이였는데, 그리 오래 친구로 지내지는 못했다. 다른 여자애들이 빼앗아 가 버렸으니까. 즐겨 하던 '이자벨 가까이 가지 마.' 놀이의 일환으로. 놀이 규칙은 이렇다. '한 명을(저 이상한 이자벨을) 밖으로 몬다. 그리하여 나머지는(이자벨 빼고 모두는) 안에 속해 있음을 자축하고 기뻐한다.' 그래, 그래. 다 아는 그런 얘기.

3학년에 올라가던 무렵, 이자벨은 우정에 대한 기대를 접었다. 이젠 생일 초대장 돌리는 수고를 하지 않기로 했다. 올 수 있을지 대답해 주는 법 없을 뿐더러 파티 날 알록달록하게 포장한 선물을 들고 현관에 나타나 주는 법은 더욱 없는 아이들에게. 그리고 나눠 먹을 감 쿠키를 만들어 가져가는 일도 더는 하지 않았다. 아이들은 머릿니 쿠키라고 놀려 대며 손도 대지 않았다. 날개 달린 심장 그림이 스텐실로 찍힌 밸런타인데이 카드를 나눠 주는 일도 그만두었다. 그리고 수줍어 보이는 여자애들, 제 스스로 친구가 필요해 보이는 애들에게 미소를 지어 보이는 일마저 그만두었다.

하지만 이자벨이 절대 그만두지 않은 일은, 혼잣말로 농담을 하고 쿡쿡 웃는 일. 알파벳 수프1를 떠먹다 나온 글자들을 기억해 두었다가 이야기를 짓는 일.

그리고 희망도 그만두지 않았다. 아주 조그만 조각 하나를 오른쪽 호주머니에 넣고 다녔다. 그냥, 갖고 있으면 언젠가 유용할지도 모르니까.

3

보건실에서 들려온 '꺅'과 '찍찍' 소리 이전까지, 이자벨에게 지난 한 해는 대체로 따분했다.

따분하다는 건, 이자벨의 학교생활에 관한 한 항상 나쁜 건 아니었다. 따분하다는 건 늘 혼자라는 거였고, 대체로 무시당한다는 거였고, 아이들 사이에서 존재감이 별로 없다는 거였다. 그렇게 지내는 데엔 좋은 점이 있었다. 아이들이 이자벨에게 관심을 주는 경우, 대개는 오해의 시선이었으니까.

바로 지난주에도 그랬다. 교내 식당에서 이자벨 뒤에 줄을 서 있던 트루마 데스데파노는 이자벨의 다리 쪽에서 이상한 빛이 움직이는 것을 보고는 그 일렁이는 빛을 가리키며 옆에 있던 단짝 케이시 웨더베인에게 속삭였다.

"야, 쟤, 무슨 영혼 같은 거에 둘러싸인 거 맞지? 귀신 꼬인

건가 봐!"

가히 예민한 성격인 케이시는 그 말에 꺄악, 비명을 내질렀고, 그 소리에 주방 아주머니 한 분이 38리터짜리 대형 칠리 냄비를 주방 한가운데 떨어뜨리고 말았다. 이어서 꼭 집에서 축구를 보던 아빠가 응원 팀이 경기를 날려 버렸을 때 내뱉는 것 같은 욕설들이 한 뭉텅이 흘러나왔다. 구내식당 모니터 요원들 여럿이 달려왔다. 요원들에게 케이시와 트루마는 여전히 빛이 불길하게 맴돌고 있는 이자벨의 다리를 가리켰다. 이자벨은 아주 가만히 있었다. 마치 으르렁거리는 개떼들에 둘러싸인 조그만 동물처럼.

가장 경험 많은 모니터 요원, 위글스태프 부인이 한숨을 쉬며 말했다.

"빛 반사된 거잖아."

부인은 손가락으로 천장의 조명등을 가리키고 식기세척기의 반짝이는 스테인리스 문으로 고개를 까딱했다.

"저기서, 저기서, 저기로."

천장에서, 식기세척기로, 그리고 이자벨이 그저 우연히 서 있었을 뿐인 그 지점으로. 빛이 튄 경로를 부인은 손가락으로 콕콕콕 짚어 주었다.

트루마와 케이시는 마주 보고 킥킥거렸지만 이자벨에겐 단

한마디 사과도 내뱉지 않았다. '아, 실수.' 하고 대충 던지는 한마디조차. 그래, '어차피 이자벨 빈이잖아', 라는 거지. 이자벨 빈에게 뭐하러 직접 말을 섞겠나? 꼭, 반드시 해야만 하는 경우가 아니라면.

그러니까 아니, 나쁘지 않았다. 이자벨은 학교생활이 아무 일 없이 흘러가는 편이 대체로 좋았다. 따분하다는 건 좋은 거였다. 따분하다는 건, 이자벨의 생각들이 아무 방해 없이 여기저기로 돌아다닐 수 있다는 뜻이었다. 하지만 그런 이자벨에게도 솔직히 따분함이 가끔은······ 좀 따분했다. 잠시 들려온 비명과 찍찍 소리쯤은 괜찮을 거라 생각한 이자벨, 보건실 문을 열고 들어가 찰리 벤더가 뭐 때문에 난리인지 알아보기로 했다.

보건실 한구석에서 의자 위에 올라가 있던 찰리는 이자벨을 보더니 멋쩍어하며 변명했다.

"원래 쥐 봤다고 소리 지르고 그러지 않아. 나 쥐 겁 안 내."

"쥐는 너 겁 안 냈고?"

보건실에 들어간 이자벨은 찰리의 대답에 실망할 마음의 준비를 하고 싱크대에 기대섰다. 찰리 벤더 같은 아이들은 말장난에 절대 그럴싸한 대꾸를 할 줄 모르니까. 정해진 답이 없다면 더욱.

"나 보고 겁내진 않던데. 아니, 쥐가 내 눈을 똑바로 들여다보는 거야, 꼭 나한테 뭐 할 말이라도 있는 것처럼. 질문이라도 할 것 같았다니까. 그래서 오싹했던 거야, 솔직히 말해서."

"솔직히 말하지 그럼 거짓말이라도 하려고 했냐?"

흠, 말이 나와서 말인데, 이자벨에게 거짓말이란 그다지 해서는 안 될 일이 아니었다. 해서 재미있고, 누구도 상처 받지 않는다면, 거짓말도 안 될 것 없다고 생각했다. 하지만 이자벨 눈에 비친 찰리 벤더는 거짓말과는 거리가 멀어 보였다. 찰리의 얼굴은 꼭 아침 이슬에 씻긴 장미꽃잎 같았다. 저렇게 생긴 아이들은 대체로 거짓말이라고는 못했다.

찰리는 의자에서 가만히 내려오더니 절뚝절뚝 이자벨 앞을 지나 건너편 벽장으로 갔다.

"날 쳐다보는 거 보고 소리를 질렀더니 이리로 들어갔어. 이 안에 쥐구멍 같은 게 있나 봐. 아빠가 그러는데 일 년 중 이맘때쯤 쥐들이 건물 안에 집을 지어서 새끼치기 안전한 곳을 마련한대. 우리 집 다락에도 올봄 내내 쥐 한 마리가 살았거든."

이자벨은 찰리 옆에 다가가서 말했다.

"반창고가 필요해서 왔나 보다. 아님 축구하다가 개미구멍으로 빠져 들어왔나?"

이자벨의 말에 '뭔 소리람', 하는 표정을 짓는 찰리. 찰리 같은 애들은 이자벨에게 꼭 이런 표정을 짓는다. 이자벨이 하는 말이 농담인지 진담인지 도통 알아들을 수가 없기 때문이다. 하지만 쥐 가지고 뭐하러 농담을 할까? 쥐가 꼭 축구를 못하란 법 있나? 그림을 그리지 말라는 법은? 조그만 가게를 차려 치즈 크래커나 '고양이여, 잘 가시게' 스프레이를 팔 수는 없을까? 이자벨의 머릿속에도 물론 쥐들이 축구를 하면 필드에서 꼬리가 거치적거리겠군, 하는 생각이나, 쥐라는 종(種)이 가게를 차릴 지능이 없지, 하는 생각은 스친다. 하지만 그런 생각들 때문에 이 상상들이 '있을 수 없는 일'이 되어 머릿속을 떠나는 건 아니니까.

이자벨은 벽장 문손잡이를 잡았다.

"이 뒤에 쥐 마을이라도 있나? 그럴 것 같지 않아? 쥐 가족, 쥐 수영장, '쥐'네들끼리 분쟁 생기면 해결하러 가는 법원도 있고."

찰리는 고개만 끄덕여 주고 말았지만, 이자벨은 '사랑스러운 마우스 월드'에 대해 떠드는 데 재미가 붙었다.

"이 몸이 한번 방문해 봐야겠네. 점심때까지는 맞춰서 와 보겠지만 혹시 늦으면 감자튀김 푸짐한 걸로 하나만 찜해 줘."

이러며 이자벨은 벽장 문손잡이를 돌렸다……

여기서 잠깐 멈춰도 될까? 그럼 내 말을 따라 한번 생각해 보시길 바란다. 지금까지 살면서 몇 번이나 문을 열어 보았나? 무슨 일이 일어났나? 문손잡이를 돌리고 문을 당기거나 밀어서 밖으로 또는 안으로, 아님 이 방에서 저 방으로 넘어가던 순간들에 말이다.

다들 한번쯤 문 너머 다른 세계를 상상해 본 적 있을 텐데. 아니라고? 그럼 적어도 꿈으로 꿔 본 적은 있을 텐데? 그럼, 그럼. 그런 꿈 안 꿔 본 사람이 어디 있다고. 누구나 한번쯤은 집에서 전에 본 적 없는 문을 발견하는 꿈을 꾸지 않나. 그 문을 열면 우와! 있는지도 몰랐던 방이 나오고 말이다. 그 안엔 대체로 환상적인 것들이 가득하다. 핀볼 게임 기계, 케이크, 으리으리한 인형의 집, 아님 스케이트보드 전용 도로라든지 조랑말도. 아,

물론 가끔은 뱀파이어라든지 갈색 정장을 입은 머리만 없는 남자가 나오는 경우도 있다. 그럴 땐 꼭 뒤돌아보면 문이 온데간데없지 않나? 으 싫다, 그런 꿈은.

시간이 조금 있다면, 지금 당신의 방으로 가 문손잡이를 살며시 잡아 보라. 그리고 그대로 눈을 감고 깊이 숨을 들이쉬어 보라. 자, 어떤 소리가 들리나? 책장의 책들끼리 서로 소근소근 자신의 이야기를 읽어 주는 소리? 혹시 키우는 금붕어가 휘파람으로 모차르트의 아이네 클라이네 나하트 뮤지크를 흥얼거리진 않나? 툭툭, 퍽퍽! 아, 베개들이 베개 싸움 하는 소리? 혹시 흙냄새와 개구리 냄새가 섞인 트롤 냄새가 스멀스멀 올라오진 않고? 당신이 방에 없을 때, 그곳에서는 과연 어떤 일들이 일어날까?

하지만 옆길로 샜으니 하던 얘기로 돌아가자.

5

벽장문을 열며 이자벨은 자신을 바라보는 찰리의 시선을 느꼈다. 그리고 행여 우르르 쥐 떼들이 몰려나올까 찰리가 한 발짝 뒤로 물러서는 것도 느꼈다.

(나중에 깨달은 사실이지만, 이자벨은 아주 아슬아슬하게 빠져나간 셈이었다. 만약 찰리가 제자리에 꼼짝 않고 서 있었다면, 그 운명적인 한 걸음을 뒤로 내딛지 않았다면, 찰리는 아마도 이자벨을 놓치지 않았을 테니까. 하지만 결국, 달려들어 소매든 빨간 부츠 앞코든 붙들어 보려고 팔을 휘저었을 땐, 이미 늦은 후였다.)

…… 그리고 이자벨 빈은 그 문을 열었고……

…… 그리고 이자벨 빈은 빠져들었다.

쥐는 없었다.

 벽장 속에 있었던 건 터널, 아니, 환기구? 비밀 통로? 아니면 그냥 커다란 구멍? 어쨌든 그 속으로 이자벨은 한참을 빠져 내려갔다. 그리고 어떤 푹신한 바닥 위에 툭 떨어졌다. 푹신함의 정체는 코트 더미였다. 쥐 사이즈가 아니라 조그만 어린이 사이즈의 나무껍질빛 갈색, 새벽하늘빛 회색, 이끼빛 녹색 코트들. 작은 손가락으로 꼬물꼬물 채울 법한 큼직한 단추들도 달려 있었다.

 이자벨은 눈을 감았다. 좀약 냄새가 났다. 감초 냄새도 희미하게. 먼지 냄새, 생강 쿠키 냄새도 났다. 쿵쿵거리는 발소리가 들렸다. '여기, 여기' 하며 방향을 외치는 목소리, 석판 위를 긁는 분필 소리도.

그리고 그 윙윙거리는 소리가 들렸다.

교실에 있을 때 그 윙윙거림은 아주 먼 데서 전해 오는 것 같은 느낌이었다. 들린다기보다는 느껴졌었다. 여기선 — 여기가 어디인지는 모르겠지만 — 좀 더 뚜렷하고 낮게, 일정하게 들려왔다. 조그만 오토바이의 엔진 소리 같다고 할까? 아니면 영원히 돌아갈 것 같은 낡은 천장 선풍기의 조용한 소음 같기도 하고. 이자벨은 일어서서 이 소리의 발원지를 찾아야겠다고 마음먹었다.

이자벨의 눈앞에 복도가 펼쳐져 있었다. 바닥에 깔린 목재 널빤지가 아주 큼직하고, 옹이구멍이 주먹만 해 보였다. 만약 그곳이 행데일 중학교의 지하라면, 참으로 특이한 모습이었다. 이를테면 무슨 학교 지하에 유리창이, 그것도 유리가 물결 모양으로 끼워진 유리창이 있나? 일렁이는 모습이 마치 아직도 약간은 액체 상태 같아 보이는 그 창으로 햇빛이 들어와 목재 바닥에 노란 네모 무늬를 찍어 놓고 있다니. 학교 지하치곤 참 희한하지 않나?

이자벨이 한 걸음씩 걸음을 디디자 부츠 바닥에서 딱, 딱, 소리가 듣기 좋게 울렸다. 위층의 리놀륨 바닥을 디딜 때보다 훨씬 만족스러운 소리. 아, 맞다, 위층? 위를 올려다 본 이자벨의 눈에 들어온 건 두꺼운 기둥과 거칠게 회반죽이 발린 천장. 교육위원회 승인 건축 자재는 확실히 아니었다.

그러니 이자벨은 생각했다. 저 위엔 아직도 위층이 있을까? 찰리는 아직도 열린 벽장문 앞에서 뻗은 팔과 손가락을 허우적거리며, 이자벨이 도대체 어디로 떨어져 내렸을지 궁금해하고 있을까? 아님 찰리는 이제 거기에 없을까? 저 위에 있던 것들은 모두 사라져 더는 거기엔 거기가 없을까?

그리고 다음 의문. 여기는 실재일까? 아니면 어딘가에 머리를 부딪힌 이자벨이 꿈속의 나라에서 노닐고 있나? 여기는 별천지일까? 지하 세계? 아님 그냥 뇌진탕? 아니, 뇌진탕은 아니다. 머리를 더듬어 혹이 없다는 걸 확인한 이자벨은 곧바로 결론을 내렸다. 여기가 어디든, 여기는 실재라고. 하지만 도대체 어디?

알아내고 싶은 마음에 이자벨의 걸음은 빨라졌다. 그러다 저 앞에 열린 문이 하나 보였다. 두 뺨과 손가락 끝이 찌릿찌릿해 왔다. 저 문 안에 뭔가 신비로운 존재가, 이를테면 용이나 엘프가 있으면 어떡하지? 만약 저 안에 엘프가 있다면 (사실 바라는 바였다. 지금까지 숱한 시간들을 신비한 존재들이 가득 등장하는 동화나 판타지 책에 빠져 보낸 이자벨이었으니까.) 적어도 그중 몇 명은 길고 긴 시를 짓고 높은 나뭇가지 위에서 사는 진짜 마법의 엘프이기를 바랐다. 크리스마스 특집 애니메이션에

늘 등장하는 가식적으로 발랄한 엘프들은 정말 싫었다. 걔들은 엘프도 아니야, 이자벨은 생각했다. 엘프 아니고 그냥 웃긴 모자를 쓴 치어리더 미니미들이지, 하고.

어쩌면 지금 곧 만날지도 모를 엘프에 대한 상상으로 머릿속이 가득 차, 이자벨은 눈앞의 누군가를 보고도 잠시 멍했다. 누군가가 그 문으로 나와 이자벨을 보고 선 것이다. 모습이 눈에 또렷이 들어오자 이자벨은 놀랐다. 엘프도 아니고 거인 괴물도 아닌, 신기한 데라곤 전혀 없는 평범한 여자아이가 서 있었기 때문이다. 도톨도톨한 회색 천으로 지은, 드레스라 불러야 할 것 같은 옛날식 옷에 흰색 무지 앞치마를 두르고.

이자벨은 그 여자애에게 다가갔다. 손을 어색하게 흔들며,

"안녕, 난……"

하지만 인사를 다 건네기도 전 울려 퍼지는 그 아이의 비명.

"아악-! 왔어-! 왔어-!"

작은 여자애치곤 놀랄 만큼 큰 소리로 새된 비명을 지르고는 다급히 방금 나온 문으로 다시 들어가는 그 아이.

"도망가! 도망가! 마녀야! 마녀가 우릴 잡아먹으러 왔어!"

이제 내가 이자벨이 어디에 있는지 알려 주기를 바라고 있겠지? 그곳에 대해 자세히 설명해 주었으면, 지도를 그려 주고 생생히 묘사해 주었으면 하고?

음, 그런데 난 그래 주지 않을 거다. 각자가 알아서 하시길. 그 여자애는 누구냐고? 글쎄, 어릴 때 당신도 모르게 헤어진 당신 여동생은 아닐까? 그런 생각 안 해 봤나? 한밤중에 엄마가 수화기 들고 속삭이던 기억을 떠올려 보라. 엄마가 도대체 누구하고 통화를 했을까? 외할머니? 에이, 무슨 소리. 엄마가 언제부터 자기 엄마와 이야기하며 소곤거렸다고.

알았다, 알았다. 그럼 이것만 알려 주겠다. 여자애 이름은 '피오나', 나이는 여섯 살. 그리고 이 이야기와는 크게 상관이 없다.

그리고 아, 우리 세계의 사람이 아니다.

"무슨 소리야, 얘가 마녀라니? 얘가 어딜 봐서 마녀 같이 생겼어? 그리고 마녀라면 늙고 초췌해야 마녀지. 얘는 고작해야 내 또래겠구만, 뭐."

열네 살 정도 되어 보이고 예의 따위 그다지 신경 쓰지 않는 것 같은 남자아이가 아무렇지도 않게 앞에 서서 이자벨을 뜯어보았다.

"이런 옷 입고 다니는 마을 애들은 못 보긴 했는데, 그래도 도망쳐 온 애들은 원래 옷차림 각양각색 아니냐? 난 사제복 입고 있는 애도 본 적 있어. 많게 봐야 열한 살쯤 먹어 보였는데."

그러자 아까 비명을 질렀던 작은 여자애가 이번엔 꽤 차분한 목소리로 말했다.

"그래도 새뮤얼, 저 신발 좀 봐. 빨간 부츠는 마녀가 신는 신발이야. 울 엄마가 만날 그랬단 말이야."

이자벨을 둘러싼 아이들 몇몇이 그렇다며 수군거렸다. 이자벨은 발을 내려다보았다. 마녀의 신발이라고? 음, 무슨 소린지 알겠네. 인정.

이름이 새뮤얼이라는 그 남자아이가 불붙을 듯 빨간 머리카락을 손가락으로 쓸어 넘겼다.

"저 신발은 좀 그렇긴 한데, 그래도 좀 제대로 판단을 해 보자."

새뮤얼은 이자벨의 어깨 위에 툭 손을 올리고는 전시라도 하듯 천천히 이자벨을 한 바퀴 돌렸다.

"진짜 얘가 마녀 같아 보이냐고? 일단 어리고, 배도 하나도 안 나왔잖아. 왜, 애들을 잡아먹는 마녀는 배가 약간 불룩할 수밖에 없다고들 하잖아. 애들 영혼은 다른 음식처럼 빨리 소화가 안 돼서."

다른 남자아이가 앞으로 나섰다. 키가 더 크고 얼굴엔 살이 없었다. 코는 마치 쥐처럼 날카롭고 뾰족했다.

"그럼 마녀 수하인가보지. 수하도 위험해."

이자벨은 아무 말 없이 서 있다. 지금 제 자신을 변호해야 하나? 무엇에 대해? 아이들은 지금 분명 이자벨의 정체를 종잡을 수 없어하고 있고, 이자벨은 자신의 정체를 어떻게 설명해야 할지 모르고 있다. 설명하자면 긴 버전으로 인생사를 구구절절 이야기할 수도 있다. 아빠가 몰던 찌그러지고 낡은 소형 자가용 뒷좌석에서 엄마가 분만을 시작한 이야기, 그 과정에 몸서리가 쳐진 엄마가 응급실 문으로 들어가며 '둘째는 절대 낳지 않겠다.' 못 박았던 출생의 사연에서부터 말이다. 아니면 '훈훈한 가족 드라마'로 살짝 안내할 수도 있다. 너희들 그거 알아? 우리 부모님이 두 분 다 고아이셨다는 거? 그래서 나는 할머니 할아버지도 없고 사촌도 없고 고모도 삼촌도 아무도 없다는 거? 그래서 나는 이 우주에서 가장 외로운 집안에서 외롭게 태어난 외동딸이라는 거?

아무래도 짤막하게 하는 편이 가장 나을 것 같았다, 이렇게. 내가 5분 전에 보건실에 갔다가 벽장 속에서 어딘가로 떨어졌거든. 거기가 여기야!

흠, 아무래도 벽장 속으로 떨어져서 온 얘기는 해 봤자 도움이 안 될 것 같다고 판단하는 이자벨. 방 안을 둘러보니 묵직해 보이는 목재 탁자가 보이고 한구석에 수그리고 있는 듯한 검은 무쇠 난로도 보였다. 난로에 달린 작은 문에선 씩씩 공기 드나드는 소리가 났다. (혹시 윙윙거리는 소리가 이건가?) 이자벨은 제가 살던 세상에 대한 그 어떤 이야기도 이곳 아이들에게는 말이 되는 이야기일 수 없겠다는 생각이 들었다. 아이들은 열

명 남짓. 가장 어린 아이가 여섯 살쯤 되어 보이고 빨간 머리 새뮤얼이 가장 나이가 많아 보였다. 분명히 이자벨과 같은 세기에 살고 있는 아이들은 아니었다. 패션에 대해선 아는 것 없는, 디자이너 라벨 따위 티끌만큼도 관심이 없는 이자벨이었지만 이 아이들이 입고 있는 옷이 다르단 건 알 수 있었다. 집에서 짠 옷감으로 만든 셔츠와 할인 마트에서 산 셔츠의 차이, 누구라도 느낄 수 있었을 것이다.

그리고 아이들의 얼굴이 달랐다. 이 아이들의 얼굴은 행데일 중학교 아이들의 얼굴보다 부드러웠다. 좀 더 열린 느낌. 어딘지 아침 첫 햇살을 받은 꽃 같은 느낌. 분명 — 최소한 이자벨의 눈에 — 이 아이들의 얼굴은 텔레비전 앞에 몇 백 시간을 앉아 살인과 폭력의 파노라마 등을 빨아들인 얼굴도, 비디오 게임기에 영혼을 바친 얼굴도 아니었다. 엑스박스가 뭐 하는 물건인지, 와이박스인지 제트박스인지도 알 리 없어 보였다.

이자벨은 새뮤얼만을 따로 불러 자신에게 일어난 일을 설명한다면 알아듣고 이해해 줄 것도 같았다. 꽤 똑똑해 보이는 인상이었다. 하지만 그러기에는 두 가지 문제점이 있었다. 첫째, 새뮤얼만 따로 불러 이야기하기가 거의 불가능해 보인다는 점. 둘째, 이자벨 스스로도 정말 자신의 정체를 설명하고 싶은지 잘 모르겠다는 점. 조금 더 미스터리의 존재로 남아 있고 싶은 마음이 있었던 거다. 그렇다고 두들겨 맞지만 않는다면 말이다.

이자벨의 이런 생각들 사이로 새뮤얼의 목소리가 비집고 들어왔다.

"마녀 수하? 마녀 수하가 여기에 무슨 볼일이 있다고 오냐?"

새뮤얼은 이자벨을 좀 더 나은 각도에서 관찰하려는 듯 한 걸음 물러섰다.

"지금은 마녀가 우리 마을에 볼일 없고 당분간은 그렇잖아. 우리 마을에 오는 시기는 지나갔으니까. 이쪽으로 수하 보낼 일이 뭐가 있겠어?"

그러자 쥐를 닮은 남자애는 어깨를 으쓱했다.

"그래도 모르지. 우리 아버지가 올해는 코린의 곡식 수확이 시원찮다셨어. 그러니까 거기 애들이 좀 말랐을걸. 그런데 마녀는 살찐 애들을 좋아한다잖아. 살집이 있어야 목에서 잘 넘어간다고."

이때 많아 봤자 여섯 살쯤으로 보이는 조그만 여자애가 울기 시작했다. 이자벨은 당황해서 눈이 휘둥그레졌다. 무서워서 우는 거야? 안되겠다. 이자벨은 새뮤얼을 등지고 나머지 아이들 쪽을 향해 섰다.

"자, 자, 여러분."

이자벨은 무기가 없다는 걸 증명하듯 두 손을 들어 보이며 말했다.

"내 말 좀 들어 볼래? 난 마녀가 아니야."

그리고 멈추었다. 목소리가 이상했다. 꼭 본인이 본인 목소리를 하나도 안 비슷하게 성대모사 하는 목소리 같기도 했고, 초등학교 3학년이 쓴 서툰 극본으로 엉성하게 대사를 읊는 목소리 같기도 했다. '자, 자, 여러분.'은 또 뭔가? 이자벨이 언제부터 그런 표현을 썼나? 되감기 버튼이란 게 있다면 20초 전으로 되돌려 다시 시작하고 싶었다.

하지만 불가능한 일. 이자벨은 계속했다.

"내가 마녀가 아니라는 거 증명은 못해. 램프의 지니가 아니란 것도 역시 증명은 못해. 늑대인간이 아니라거나, 보스턴 레드삭스 선발 투수가 아니란 것도."

"뭐?"

그 무슨 황당무계한 소리냐고 묻는 듯한 새뮤얼의 눈빛.

후우, 복식 호흡 한 번 더. 그리고 계속.

"나 그냥 여자애라고. 그냥 사람. 솔직히 여기가 어딘지는 모르겠거든. 근데 내가 누군지는 알아. 난 마녀가 아니야."

이제는 거기 있는 모든 아이들이 미친 사람 보듯 이자벨을 쳐다보았다. 물론 이런 눈길에 일상적으로 적응된 이자벨이라,

딱히 기분 나쁘게 받아들이진 않았다. 그런데 새뮤얼이 쥐 닮은 남자애와 눈빛을 교환하며 무언가 은밀히 모의를 하는 것 같았다. 그러다 갑자기 이자벨의 손목을 낚아채는 새뮤얼.

"그럼 넌 가는 게 좋겠다."

새뮤얼이 이자벨을 문 쪽으로 끌어내며 말했다.

"난 네가 마녀라고 생각하진 않는데, 우린 혹시 모를 위험을 감수할 수가 없어. 그리고 만약 너 도망 온 거면, 우리 마을엔 어차피 받아 줄 자리가 없어. 지금 마녀가 코린 근처에 있어서 여긴 도망 온 애들로 미어터져. 넌 숲으로 가. 드루마누 근처에 캠프가 있어."

이자벨은 문밖으로 내보내져 다시 그 넓은 복도에 섰다. 새뮤얼은 뒤따라 한 발짝 나오더니 복도 맨 끝 육중해 보이는 문을 가리키며 말했다.

"저 문으로 나가면 마을로 향하는 길이 나와. 그 길을 따라가다가 갈림길이 나오면 오른쪽 숲길로 들어가. 그리고 개울을 따라 북쪽으로 한 시간 정도만 걸으면 캠프가 나올 거야. 남쪽은 코린으로 향하는 방향이니까 절대 가지 마. 마녀랑 마주치고 싶은 생각 아니면."

바깥은 4월 초 치고는 공기가 포근했다. 이자벨은 이게 정말 4월의 공기일까, 아니면 자신이 다른 세상에 들어왔을 뿐 아니라 다른 계절로도 들어온 것일까, 궁금했다.

 길을 따라 숲으로 들어갔다. 숲 속은 청량하고 사랑스러웠다. 울퉁불퉁 비틀린 나무에서 뻗어 나온 풍성한 나뭇가지와 잎사귀들이 이자벨의 머리 위에 지붕을 이루고 있었다. 새뮤얼이 말하는 캠프란 건 도대체 뭘까? 이자벨은 그 캠프라는 곳으로는, 아이들로 가득 차 있다는 그곳으로는 가고 싶지 않았다. 아이들이 어떤지를, 누군가에게 무언가 티끌만큼이라도 다른 점이 있으면 어떻게 나오는지를 이자벨은 알고 있었으니까. 누구의 한쪽 귀가 다른 쪽 귀보다 높게 달려 있다는 이유로, 팔에 난 주근깨가 희한한 모양을 이루고 있다는 이유로('어, 늑대네, 이건 돼지 머리통이고') 아이들은 등을 돌린다. 그리고 소문을 낸다. '쟤 조심해, 보름달이 뜰 때마다 좀비로 변한대.' '쟤 좀 봐. 모기가 팔에 앉으면 때려 죽여서 그 피 핥아 먹는대.'

 아니, 싫었다. 아이들로 가득 찬 캠프로는 가기 싫었다. 그렇다면 마녀는?

 마녀는 꼭 한번 만나 보고 싶었다.

 개울에 다다라, 이자벨은 남쪽으로 향했다.

9

이자벨이 항상 품고 있는 생각이 하나 있었다. 자신이 어쩌면 사실은, 사실은 체인질링이 아닐까……

10

읽으며 당신도 이미 짐작하지 않았나? 그렇다. 이자벨은 자신이 체인질링이라고 생각했다. 아, 적어도 체인질링일 가능성은 상당하다고 말이다. 거 참, 그래, 체인질링이라는 증거는 하나도 없었다. 하지만 어쨌거나 이자벨은 정말로, 정말로 그렇기를 바라 왔다는 말이다.

 체인질링이 뭔지는 알고 있겠지? 제발 그런 거 안 배우는 학교에 다닌다고 하진 마시길. 뭐, 원주율은 화이트데이니 하는 따위, 실제로 증명할 수 있는 것들만 가르치는 학교에 다닌다고 하지는 마시…… 하아, 이럴 수가. 그럼 왜 거기 그러고 있나. 내일 아침엔 당장 교장실로 쳐들어가서 "상상력 교육 제대로 해 주시기 바랍니다!" 하고 항의를 하는 게 좋겠다. 홈스쿨링을 한다고? 그러면 엄마한테 따지고.

체인질링은 어디에나 있다. 저보다 약한 애들을 괴롭히는 녀석들 대부분이 체인질링이다. 하지만 의외로 수줍은 아이들 중에도 체인질링이 많다. 만날 제 발에 제가 걸려 넘어지는 애들? 백 프로 체인질링이다.

일은 이렇게 일어난다. 어느 날 한 어여쁜 아기가 태어나고, 부모는 난리 법석을 떨며 핸드폰으로 수없이 사진을 찍어 직접 만든 사이트, www.우리아기가당신네아기보다예뻐.com에 올린다. 대개 이 세상에서 오직 자신들만이 예쁜 아기를 낳아 본 것처럼 행동한다. 실수지, 큰 실수. 평범한 분만 병동 어디에나 요정들은 돌아다니거든. 부모가 아기로부터 등을 돌리는 바로 그 순간! 저런, 저런! 요정은 리틀 미스 예쁜이를 데려가고 대신 데려온 리틀 미스 못난이를 요람에 놓는다. 늘상 일어나는 일이다.

하지만 가끔은 요정들도 실수를 한다. 리틀 미스 예쁜이를 리틀 미스 마법사와 바꿔 놓는다든지 가끔씩은 서두르다가 엘프 아기를 데려다 놓기도 한다. 자, 그럼 엘프 아기들에 대해 이야기해 볼까? 엘프 아기들이라고 그다지 남다르지는 않다. 사실 무난하고 그리 특별할 것 없는 아이로 자라난다. 하지만 그러다 어느 순간이 오는 거지. 열세 살 생일 무렵 정도? 이 아이들이 갑자기 백합처럼 피어나는 순간이 말이다. 어떤 애들 말하는 건지 감이 오지 않나? 중학교 1학년 때까지 미운 오리 새끼였던 여자아이가 중학교 2학년 때 백조가 되어 버렸다고? 맞다, 엘프 아기. 삐쩍 마르기만 했던 남자아이가 갑자기 훌쩍 미소년이 되었다고? 빙고.

체인질링은 당신 주변 어디에나 많다. 여태 제대로 된 교육만 받았더라도 이런 것쯤 기본으로 알고 있었을 텐데.

…… 그래, 난 체인질링이었어, 하는 생각 말이다. 남쪽으로 코린을 향해 걷는 동안 이자벨은 머릿속에서 그 생각을 이리저리 찔러 보고 튕겨 보고 주물러 보았다. 내가 정말로 체인질링이었던 걸까? 그게 사실이라면 정말 많은 일들이 설명되는데! 왜 그동안 다른 아이들이 하는 놀이 방법을 절대 이해 못했는지. 왜 잡기놀이 요령이 죽어도 터득이 안 됐는지. 왜 발야구를 하면 늘 허우적대며 헛발질만 했는지. 왜 공기놀이를 하면 공깃돌이 사방으로 튀어 증발해 버렸는지. 구슬치기는 어떻고? 이자벨에게 구슬이란 비켜 가라고 치는 것이었다. 줄넘기? 말하기 입 아프다.

하지만 이자벨에겐 보통 아이들에겐 없는 다른 힘이 있었다. 아니, 적어도 본인은 있다고 믿었다. 이자벨은 왼쪽 눈을 감고 오른쪽 눈으로 시계를 응시하는 것만으로 시계의 초침이 한 칸 대신 두 칸을 가게 할 수 있었다. 그리고 얼음 다섯 개를 부순 조각들을 밤에 창틀에 뿌려 두어서 하늘에서 눈이 내리게 한 적도 있었다, 두 번이나. 무엇보다도, 이자벨은 제집 마당에 사는 다람쥐 한 마리와 서로 통하는 사이라고 확신하고 있었다. 이자벨이 휘파람을 불면, 그 다람쥐는 고개를 한쪽으로 기울이고 무어라고 대답을 해 왔다. 그런 대화를 세 번이나 했다. 그 다람쥐의 눈빛은 마치 이자벨을 여기가 아닌 어딘가 다른 곳에서부터 알아 온 것만 같았다. 정말로 그런지도 모르는 일이다. 이자벨은 그렇게 믿었다. 마법의 숲이라든가 엘프의 나라라든가, 어디든 언젠가 이자벨이 살던 세계에서부터 아는 사이일 수도 있다고.

이자벨은 걷고 있는 숲 속을 찬찬히 둘러보았다. 지금 눈앞에 그 다람쥐가 나타나 주지 않을까, 하는 기대감이 조금 들었다. 하지만 다람쥐는 한 마리도 보이지 않았다, 적어도 아직까지는. 덤불 속에서 쨱쨱거리는 새소리가 들려왔고 숲 속을 구불구불 흐르며 아무 상념 없이 졸졸졸 재잘대는 개울물 소리도 들려왔다. 다람쥐들은 점심을 먹는 중일지도 모르지, 하고 이자벨은 생각했다.

내가 정말 체인질링? 그러면 나는 요정의 딸일까? 아니면 트롤의 딸? 하지만 이자벨은 트롤의 딸은 아니길 바랐다. 성질 더럽기로 유명한 트롤처럼 이자벨에게도 성마른 기질이 있었고, 이자벨을 키우던 트롤들이 못해 먹겠다며 좀 더 착하고 좀 더 사랑스러운 아기와 바꿔쳐 버렸대도 그럴듯한 얘기 같았지만, 그래도 이자벨은 엘프의 딸이고 싶었다. '진짜 엘프'들은 눈부시게 아름다운 존재다. 약간 바보 같은 면이 있다는 얘기도 있지만. 이자벨은 스스로 생각하기에도 아름답지 않았다. 하지만 언젠가는 아름다워질지도 모를 일. 가끔, 엄마는 이자벨의 눈을 가린 앞머리를 넘겨 빗어 주며 이렇게 말했다.

"모르는 거야, 이자벨. 크면 너 엄청나게 예뻐질지도 몰라."

엄마 말투가 그래도, 완전히 자신 없지는 않았다.

만약 자신이 정말로 체인질링이고 지금 원래의 집으로 돌아가고 있는 길이라면 자신과 바꿔진 여자애도, 그러니까 엄마의 진짜 딸도 지금 진짜 집으로 돌아가고 있을까? 하는 생각이 드는 이자벨. 한데 그럴 거라고 생각하니 그 아이가 좀 안타까웠다.

이자벨의 엄마가 나쁜 엄마여서는 아니다. 엄마도 잘하려고 노력하는 엄마였다. 방법을 잘 몰라서 그렇지. 이자벨이 세 살 되던 해 이자벨의 아빠가 떠난 후, 엄마는 생각해 본 적도 없던 한부모 가정의 가장이 되었다. 그 어느 때보다도 막막했고 앞이 깜깜했다.

실제로 이자벨의 엄마는 아이를 위해 집을 어떻게 꾸며야 하는지 전혀 몰랐다. 아이들을 위해서는 집에 밝은 색이 필요하다는 걸, 기분 좋은 음악이 필요하다는 걸 몰랐다. 그리고 책이 필요하다는 것도 몰랐다. 동화나 설화를, 트럭이 어쩌고 하는 웃긴 책을, 모자 쓴 고양이가 나오는 장난스런 책을 매일 읽어 주어야 한다는 것을 몰랐다. 엄마는 신문에서 읽은 말들을 근거로 짐작하고 말았다. 아이를 심심하지 않게 해 줄 수 있는 최고의 방법은 텔레비전일 거라고. 그래서 거대한 짐승 한 마리 같은 대형 평면 스크린 텔레비전을 거실 한가운데에 심어 놓았다. 항상 켜진 채로 항상 수다를 떨어 대는 그놈을 이자벨은 최대한 무시했다.

칙칙한 이자벨의 집에서 유일하게 알록달록한 색감을 자랑하는 것은 퀼트 한 장과 이자벨 방 창문에 달린 주름 장식 커튼 한 쌍. 둘 다 엄마의 직장 동료가 쓰던 것이었다.

"너도 집 안 꾸미는 법은 미리 좀 배워 놔야 돼. 나한테는 아무도 안 가르쳐 줬거든."

엄마는 한 번씩 이자벨의 도시락을 싸다가, 혹은 소매로 독서 안경을 문질러 닦다가, 뜬금없이 이런 얘기를 하곤 했다. 마치 엄마를 지켜보는 보이지 않는 누군가의 비판에 맞서 내 사정을 아냐고 항변이라도 하듯이.

"난 고아원에서 컸어. 나한테는 벽에다가는 뭘 걸어 놔야 된다든지 그런 거 가르쳐 주는 엄마 없었다고."

정말 이자벨의 집 벽에는 그림도 사진도 아무것도 걸려 있지 않았다. 그리고 잘못 날아들어 온 야구공에 꽃병이 깨져 화를 낼 일도 없었다. 꽃병이 있어야 깨지지. 화초를 품은 화분도 사기 재떨이도 작은 유리 조각상이나 앤틱 램프도 금테 두른 거울도 없었다, 야구공이 날아들어 깨뜨릴 수 있는 물건은 하나도.

하지만 이자벨에게는 별 상관없었다. 이자벨의 머릿속은 늘 이런저런 상상들로 이미 화려하게 북적거려 따로 '상상의 나래를 펼쳐 줄' 사진 액자나 손 그림이 그려진 베개 따위가 필요 없었다. 이자벨이 싫어한 것은 단 한 가지, 어둠이었다. 특히 겨울철, 날이 일찍 저물어 빛이 서서히 창으로 빠져나가고 집에는 이자벨 혼자뿐인 그런 때.

아, 집에 쪽지를 남기고 올 수 있었더라면. 그러면 이렇게 썼을 것이다. 엄마, 내 옷장 안에 보면 책 많이 쌓아 놨어. 엄마 진짜 딸 오면 그 책들 읽으면 된다고 꼭 말해 줘! 그리고 말이야, 화장실 좀 다른 색으로 페인트칠하는 게 어때? 산업용 회색이 뭐야, 우울하게! 그리고 과일 좀 더 많이 사다 놔! 애들은 과일을 많이 먹어야 해!

머릿속에 딸기와 바나나가 떠오르면서 이자벨은 배가 고파졌다. 아침은 걸렀고, 학교에선 애플 버터2에 찍은 잉글리쉬 머핀 반쪽밖에 먹지 않았다. 아침에 속이 이상했는데, 어쩌면 오늘이 진짜 집으로 돌아가는 날이라는 걸 이미 느끼고 있어 그랬나, 하는 생각이 드는 이자벨.

길 한가운데 커다랗고 부드러워 보이는 바위가 하나 자리 잡고 있었다. 크기와 모양이 마치 빈백3 같았다. 이자벨은 그 위에 앉았다. 얼른 고픈 배를 채우지 않으면 금세 두 눈 사이에 죄는 듯한 통증이 생긴다. 두통약 두 알 먹고 30분 동안 얼음찜질을 해야만 사라지는 두통이다. 그냥 놔두면 통증 부위가 점점 넓어지면서 머리 양쪽을 쥐어짜기 시작한다. 마치 이자벨의 머리통이 오렌지인데 누군가가 기필코 오렌지 주스 한 잔을 짜 마시려는 것처럼. 그러니 이자벨은 먹어야 했다.

이자벨은 눈을 감고 허공에 두 손을 내밀었다. 만약 이곳이 (이자벨의 바람대로) 마법의 숲이라면, 그저 바라기만 해도 음식이 나타나 주지 않을까? 욕심내지 말자, 하며 이자벨은 메뉴를 짜 보았다. 블루베리 주스 한 잔, 그리고 칠면조 샌드위치. 그런데 마법의 숲에서 칠면조 샌드위치도 나올까? 샌드위치는 너무 좀…… 마법스럽지가 않은데. 맞다! 꿀이 뚝뚝 떨어지는 벌집! 딱이겠다! 아, 그런데 이자벨은 차에 타 마실 때 말고는 꿀을 별로 좋아하지 않았다. 너무 쩍쩍 달라붙어서.

포리지4! 김이 나는 따끈한 포리지 한 대접! 그래 이거였다. 완벽하다. 이자벨은 두 손을 펼쳐 살짝 들고 포리지 한 그릇을 빌었다. 소리 내서 빌어야 되는지 어떤지 몰라서, 그냥 속으로.

이자벨은 손바닥 위에 살포시 포리지 한 그릇의 무게가 느껴지길 기다렸지만 잠시 후, 여전히 텅 빈 손바닥을 느끼며 이자벨은 눈을 떴다. 그런데 눈앞에 대신 웬 아이가 서 있었다. 아홉 살이나 열 살쯤 되어 보이는 여자아이가.

이자벨은 배고픈 티를 너무 내지 않으려 애쓰며 아이에게 물었다.

"응? 나 우선 뭐 좀 마셔도 돼?"

아이는 고개를 저으며 물러섰다. 섬뜩 놀란 듯 눈을 동그랗게 뜨고.

"마시긴 뭘 마셔요? 무슨 말씀이세요?"

"아, 그럼 뭐 씹어 먹는 것만 가져온 거야?"

이 아이는 요정인가 보지? 그래서 말장난에 능한가? 요정치고는 좀 꼬질꼬질하고 통통하고 두 뺨이 눈물자국 범벅이긴 하지만.

"먹을 건 갖고 왔는데 마실 건 없다는 뜻이지? 아니야?"

아이는 고개를 들고는 숨을 한 번 깊게 들이쉬고 말했다.

"엄마가 가는 동안 먹으라고 싸 준 빵 두 덩이랑 버터 있어요."

아이는 작은 삼베 가방을 이자벨에게 내밀어 보였다.

"저랑 같이 가 주시면 빵 나눠 드릴게요."

이자벨은 음식을 나눠 먹고 길을 동행하는 요정에 대해 급히 상상 속을 뒤져 보았지만, 아무것도 생각나지 않았다.

"어디로 가는데?"

"숲에 있는 캠프로요. 저랑 코린에서 온 다른 아이들도 다 그리로 갔어요. 오늘 같이 가던 중에 제가 잠시……"

아이가 고개로 바닥을 가리켰고 이자벨은 알아들었다. 볼일이 보고 싶었다는 말이었다.

"그래서 잠시 숲에 깊숙이 들어갔다 나왔거든요. 그런데 나와 보니까 같이 가던 아이들이 벌써 멀리 가고 안 보였어요. 따라잡질 못했어요. 불렀는데도 아무도 대답이 없었어요."

그리고 아이는 이자벨 곁으로 한 걸음 더 붙더니 말했다.

"짧은 시간에 어떻게 그렇게 멀리 갔는지 모르겠어요."

거의 속삭이는 목소리였다.

"어쩌면 마녀가 우리를 따라오고 있었던 것 같아요. 그렇게 멀리 있었던 게 아니라 우리를 바짝 뒤따라오다가 그 애들을 잡아먹었을지도 모르잖아요."

이자벨은 생각했다. 그래, 그럴 수도. 하지만 그 가능성보다 그 애들이 일부러 너를 떼어 놓고 갔을 가능성이 더 높지 않을까? 이 아이 혼자 떨어져 두려움에 떨게 하려고 걔들은 작정을 했을 거야. 자기들을 애타게 부르는 목소리를 듣고도 손으로 입을 막고 킥킥거렸을 거야.

"혼자 가기가 너무 무서워서 그러는데 저랑 같이 가 주시면 제 빵 나눠 드릴게요."

이자벨의 위에서 꼬르륵 소리가 요란하게 울렸다. 그리고 미간이 아파 오기 시작했다. 얼마 안 가 이 아픔은 바늘로 찌르듯 날카로워져 온 머리통을 장악할 것이다. 이자벨은 먹어야 했다. 하지만 이 아이와 함께 마녀한테서 멀어지는 북쪽으로 가고 싶지는 않았다. 그러면 빵을 먹을 동안만 이 여자아이와 함께 걸어 주다가 혼자 되돌아오는 것도 괜찮을 것 같았다. 길이 또렷하니까 이 아이 혼자 무리 없이 캠프에 도달할 수 있을 테고.

그런데 아이의 아랫입술이 떨리고 있었다. 이자벨은 저를 떼어 놓고 달아난 아이들 틈으로 이 아이를 되돌려 보내는 건 못할 짓이라는 생각이 들었다. 이자벨은 알고 있었다. 눈물을 보인다고 해서 다정해질 아이들이 결코 아니라는 것을. 사실 오히려 그 반대라는 것을.

이자벨은 마음속 어느 부드러운 방의 문이 열린 것을 느꼈다. 이 아이를 돕고 싶었다. 하지만 이자벨이 어디로 향하려 하는지를 이야기한다면 아이는 곧장 반대 방향으로 달아나 버릴 것이다. 그래서 이자벨은 수를 쓰기로 했다. 옳은 일이라고 믿으며. 지금 이 아이에게 가장 필요한 건 분명 '친구'인 것 같으니까.

이자벨은 우정에 한 번 더 기대를 걸어 보기로 했다.

일어서서 남쪽을 가리키며, 이자벨은 말했다.

"내가 캠프로 데려가 줄게. 그러면 정말 빵 나눠 줄 거지? 혹시 블루베리도 있으면 좀."

"블루베리는 없어요. 지금은 블루베리 철이 아니에요. 빵은 드릴게요."

그리고 아이는 걱정스러운 눈빛으로 물었다.

"그런데, 우리 반대쪽으로 가야 하는 거 아니에요?"

이자벨은 아이의 어깨를 토닥거리며,

"내가 지름길을 알거든."

거짓말을 했다.

아이는 가방에서 큼직한 빵 한 덩이를 꺼내 이자벨에게 주었다. 이자벨은 우선 한 점을 뜯어 어린 동행에게 건네고는 자신의 입속으로도 몇 점을 집어넣었다. 두 눈 사이의 통증이 가셨다. 둘은 걷기 시작했다.

12

이름은 헨. 아이는 능력자였다.

처음에 헨은 언제나 이자벨이 말한 샛길이 나와 북쪽으로 방향을 바꾸려나, 노심초사하는 마음을 숨기지 못했다.

"이제 어느 정도 남쪽으로 왔잖아요. 이쯤에서 이 길 벗어나서 방향을 바꿔야 하지 않아요?"

한 시간쯤 함께 걸어온 후, 아이가 물었다.

"계속 남쪽으로 가면 곧 북쪽을 향하게 될 거야. 한 방향으로 계속 가다 보면 다른 방향으로 이어지게 되어 있거든."

하지만 이 여행의 지혜 한 말씀에도 아이의 불안한 마음이 달래진 기미가 보이지 않자 이자벨은 다른 방법을 시도해 보기로 했다.

"걸으면서 내가 이야기 하나 해 줄까?"

흥미가 생긴 얼굴로 아이는 고개를 끄덕였다.

"그러면 너, 체인질링에 대해서 알아?"

아이는 또 고개를 끄덕였다.

"당연히 알죠."

이제 흥미가 생긴 사람은 이자벨이었다. 이자벨은 여태 단 한 번도 체인질링에 대해 아는 이를 만나 본 적이 없었다. 학교 아이들은 외계인이나 살인자, 납치범 따위에 대해서는 알았고, 각종 괴물들에 대해서도 쓸데없이 잘 알았고, 뱀파이어 설화도 조금씩은 알았다. 하지만 요정이라든지 엘프, 체인질링, 보가트[5] 등에 대해서라면 다들 아예 들어 보지도 못한 것 같았다. 세상 가장 흥미로운 주제가 때를 못 만난 모양이었다.

"그럼 체인질링에 대해서 아는 거 뭐 있는데?"

3초 전보다 훨씬 초롱초롱해진 이자벨의 눈빛에 아이는 웃어 버렸다.

"왜요? 알 건 다 아는 것 같은데요. 음, 티그 삼형제 전부 체인질링이잖아요, 티그 아줌마가 낳은 아기들은 매번 예뻤는데, 그때마다 요정들이 질투해서 아기를 훔쳐 갔잖아요. 그리고 대신 얻은 아이들은 얼굴도 우락부락하고 만날 우당탕 난리 치고 부수고, 예의도 없고. 전부 체인질링이잖아요."

그리하여 이자벨이 이야기를 하는 대신에 그 아이, 헨(아이는 헨이라고 제 이름을 소개했다. 줄여서 헨인 것이 아니라 원래 이름이 그냥 헨이란다.)이 이자벨에게 이야기를 들려주며 둘은 한 시간을 더 걸었다. 그러다 하늘이 어두워지고 있다는 것을 느낀 헨.

"계속 갈 수 없을 것 같아요. 숲은 금방 어두워져요."

헨은 길에서 벗어나 길가 한 나무 앞에 쭈그리고 앉아 두 손을 무릎에 얹었다.

이자벨은 여태 밤이 온다는 생각을 하지 않았다. 배가 고프기 전까지는 먹을 걸 걱정하지 않았던 것처럼 날이 어둑하게 지는 광경이 눈에 들어오기 전까지는 잠잘 일도 생각해 보지 않았다. 이제 잠을 자긴 자야겠지, 싶었지만 침대 없이 잠을? 침낭도 베개도 담요도 없이, 땅과 몸 사이에 얇은 퀼트 한 장 없이 어떻게 잠을 잘까? 그리고 생각해 보니 천장은? 하늘과 몸 사이에 천장 한 장 없는데 어떻게 잠을 잘까?

헨은 이자벨의 걱정을 눈치챈 것 같았다.

"걱정 마세요. 제가 편안한 잠자리를 만들 테니까. 제가 재주가 많지는 않지만 캠프 만드는 데는 자신 있어요. 깜깜해지기 전에 필요한 것들 구해 오게 도와주시기만 하면 우린 오늘 밤 푹 잘 수 있어요. 마녀에게도 잡히지 않을 거고."

둘은 어느 좁다란 나무 숲 사이로 들어갔다. 헨은 자신이 식물 넝쿨과 떨어진 나뭇가지를 주워 올 테니 이자벨은 나뭇잎을 모아 오라고 했다.

"더 많이 필요해요, 잠 잘 자려면."

처음에 반 아름 정도만 나뭇잎을 안고 온 이자벨을 보고 이렇게 말하는 헨. 그래서 이자벨은 헨이 말한 곳에 나뭇잎을 떨어뜨려 놓고 잎을 더 모으러 갔다. 그리고 얼마 지나지 않아 나뭇잎이 작은 언덕처럼 수북이 쌓였다.

"이거면 여왕 침소도 하겠어요."

헨의 이 말에 이상하게 기쁜 이자벨.

이자벨이 잎을 모아 오는 동안 헨은 넝쿨과 나뭇가지들로 밤나무 기둥에 비스듬히 기대 세울 골격을 만들었다. 그리고는 이자벨에게 어린 단풍나무와 플라타너스에서 나뭇잎들이 단단히 붙어 있는 건강한 가지 꺾는 시범을 보여 주었다. 꺾은 그 가지들을 골격 위에 덮으니 지붕이었다.

"아늑할 거예요. 들어가 보세요."

헨이 장담했다.

"그리고 그 나뭇잎들이 푹신하고 따뜻한 초록 담요 되겠습니다."

지평선에 아주 가느다란 빛 한 가닥만이 남았다.

"우리, 개울에 가서 물부터 마시고 오는 게 좋겠어요. 저녁으로 빵 먹고 나면 늦으니까 먹기 전에 지금요. 오 분만 지나면 여기로 돌아오는 길이 하나도 보이지 않을 거예요."

이자벨은 헨에게 정말이지 감탄했다. 헨! 이 아이 정말, 어쩌면 이렇게 뭐든 척척일까! 어쩌면 이렇게 좋은 생각들을 해낼까! 헨을 따라 도착한 개울에서 이자벨은 차가운 물에 두 손을 담갔다. 그리고 물을 꿀꺽꿀꺽 마셨다. 오늘 하루 얼마나 걸었을까? 헨을 만나기 전에 적어도 두 시간쯤은 걸었고, 헨과 함께도 두 시간은 족히 걸었다. 이자벨은 슬며시 웃음이 나왔다. 체육 시간에 운동장 한 바퀴만 돌면 늘 옆구리가 결리던 자신이 이 정도로 걸어 내다니, 썩 뿌듯했다.

저녁으로 먹은 빵은 점심으로 먹었을 때보다 두 배는 맛있었다.

"내일 아침에 먹게 조금 남겨 놔야겠지?"

이자벨은 줄어 버린 빵을 보며 후회스러운 기분으로 물었다. 남은 빵과 헨의 빵, 그리고도 새 빵 네 덩어리쯤은 더 먹어 치울 수 있을 것 같았지만.

헨은 무릎에서 빵 부스러기를 털어내며 대답했다.

"네, 그러는 게 좋을 거예요. 캠프까지 얼마나 남았는지는 모르지만, 빈속으로 출발하면 아마 두 배는 멀게 느껴질걸요."

"헨?"

이자벨은 헨에게 몸을 살짝 기울이며 말했다.

"만약에 말이야, 사실은 말이야, 내가 그 캠프가 무슨 캠프인지, 뭐 하러 모인 캠프인지 모른다면 어떡할래?"

그러자 헨이 씁쓸한 미소를 지었다.

"솔직히 캠프가 어디 있는지도 모르시는 것 같은데요."

이자벨은 비밀을 알려 주듯 속삭였다.

"사실은, 나 여기 사람 아니야."

이자벨 스스로도 지금 막 실감하는 기분이었다. 나 여기 사람 아니야, 라는 생각이 지금에서야 난 것 같았다. 종일 꼬불꼬불한 숲길을 걸으며 이자벨은 익숙한 곳에 있는 것처럼 편안하기만 했다. 여기저기서 튀어나온 온갖 향기와 소리들. 소나무, 라일락, 향나무, 인동 향기. 짹짹거리는 새소리와 바위에 찰찰 부딪히는 물소리. 마치 세계 최고의 현장 학습 코스에 와 있는 기분이었다. 비록 이자벨의 세계는 아니지만. 아니, 이자벨의 세계 맞을까?

이자벨은 주위를 둘러보다 다시 생각에 빠졌다. 내가 도대체 어디에 와 있는 걸까? 다른 사람들은 다 어디에 있을까? 찰리는 체육 수업을 마저 받으러 돌아갔을까? 지금쯤 침대에 누워 오늘 일어난 일을 스스로 납득하려고 애쓰고 있을까? 학교 당국에서도 나섰을까? 엄마는 실종 신고를 했을까?

이쪽으로 생각이 흘러갈수록 시시각각 자신을 둘러싼 주변이 흐릿해지는 것을 느낀 이자벨. 엄마가 경찰에 전화를 했을 거란 생각을 하는 동안 헨의 윤곽이 흐려졌다. 찰리가 교장 선생님에게 오늘 일어난 일에 대해 설명했을까 생각하는 사이, 나무 아래 어둑하던 그늘이 잉크처럼 까매졌다. 이렇게 계속 걱정을 해 나가다 보면, 모든 것이 깜깜히 사라질까?

그리고 이자벨은 결정했다, 걱정하지 않겠다고. 평소에도 모든 일에는 다 이유가 있다고 생각하길 좋아했다. 자신이 지금 여기, 이 달콤한 향내가 나는 숲 한구석에서 재미있고도 어딘가 남다른 헨과 함께 이야기를 나누고 있는 데에는 분명 이유가 있을 것이라 결론지었다. 그리고 며칠쯤 지나면 여기가 어디고, 왜 여기에 와 있는지도 모두 알게 될 것이라고. 어쩌면 새 한 마리가 다가와 왼쪽 귓가에 답을 속삭여 줄는지도. 무슨 일이든 펼쳐질 수 있었다. 펼쳐지기를 바랐다.

헨은 기지개를 켜고는 몸을 뒤로 젖혀 팔꿈치로 받쳤다.

"여기 사람이 아니라는 거 짐작은 하고 있었어요. 옷 보고요. 기분 나쁘실지도 모르겠지만 여기 기준으로는 약간 이상하거든요. 아가독에서 오셨어요? 아가독 사람들이 우리랑 많이 다르게 산다던데."

"아니, 다른 데서. 그냥 거기까지만 얘기할게."

헨은 고개를 끄덕였다.

"요즘은 어딜 가나 다른 데서 온 사람들이죠, 뭐. 저도 그렇고요."

헨은 손등으로 재빨리 두 눈을 훔쳤다.

"처음에 이런저런 신호가 왔는데도 믿기지가 않았어요. 다들 신경 안 쓰고 넘겼어요. 그런데 어젯밤에 달에 그림자가 생긴 거예요. 그래서 엄마가 나하고 동생들을 서둘러 밖으로 떠밀었어요."

"그러면 너희 마을 다른 애들도 모두 떠밀려 나왔고?"

"이제 우리 마을로 오니까요. 마녀가요. 마녀가 우리 마을로 와서 갓난아기가 있으면 잡아먹어요. 그리고 아이들이 있으면 데려가 마녀 집 주변 나무에 그물로 매달아 놓고 굶겨 죽여요. 밤바람에 뼈 덜거덕거리는 소리만 들릴 때까지."

이자벨의 어깨 위로 밤공기가 내려앉았다. 이자벨은 시리지 않도록 두 손을 소매 속에 당겨 넣었다.

"마녀가 왜 그런 짓을 하는 거야?"

"예전에 어떤 아이들이 마녀 아기를 죽였거든요."

헨은 몸을 한 번 으스스 떨고는 말을 이었다.

"아주 오래전에, 우리 다섯 마을 사람들이 여름이면 전부 한데 모여 여름 축제를 벌였던 시절이 있었어요. 그때 마녀는 드루마누 외곽의 숲 속에서 살았는데 사람들은 마녀를 그냥 내버려 뒀어요. 그런데 축제 때, 마녀한테 아기가 생겼다는 이야기가 돈 거예요. 악마의 아이라면서요. 그날 밤, 각 마을에서 한 명씩 다섯 아이가 모여 그 숲 속으로 몰래 숨어들어 갔어요. 사탄의 씨앗을 직접 보겠다면서요. 그런데 그 집 마당에 아기가 떡 하니 있었던 거예요. 한밤중에요! 나무 두 그루 사이에 천을 걸어 만들어 놓은 헝겊 침대 속에서 자고 있었어요. 남자애 하나가 그 아기한테 돌멩이를 던졌어요. 그리고 다른 애들도 따라서 돌을 던졌어요. 결국 아기는 피를 심하게 흘려서……"

"죽었구나."

이자벨이 대신 말했다, 겨우 들리는 희미한 목소리로.

"끔찍한 이야기다. 여태 들어본 이야기 중에 가장 끔찍해."

그 말에 헨은 머리를 격하게 가로저었다.

"아니에요! 더 끔찍한 건 지금이에요. 그 마녀가 마을로 우리를 잡으러 와요. 우리 아기들을 잡아먹어요! 마녀는 절대 복수를 멈추지 않을 거예요. 벌써 50년이 다 되어 가는데도요! 내가 그 아기를 죽인 게 아니잖아요. 나하고는 아무 상관없는 일이잖아요."

이자벨은 고개를 뒤로 젖히고 별들로 뒤덮인 하늘을 바라보았다. 입안에서 쇠 맛이 났다. 헨이 들려준 이야기에 이자벨은 원치 않는 어딘가로 밀려가는 느낌이었다. 이 이야기엔 마녀가 있다. 이자벨은 마녀가 나오는 이야기를 언제나 좋아했다. 도서관에서도 마녀가 나올 기미가 조금이라도 보이는 책이라면 모두 찾아보았다. 하지만 이 이야기의 한가운데에는 아기도 있다. 그 아기 부분이 괴로웠다. 참을 수 없이 괴로웠다! 잔잔한 밤바람에 살며시 흔들리는 침대 속에서 아기의 조그만 가슴이, 오르락내리락 숨을 쉬는 모습이, 달빛에 데워진 공기가 아기의 보드라운 피부애 내려앉은 광경이 눈앞에 선히 그려졌으니까. 그리고 그랬던 아기가 끔찍하게도, 너무나 끔찍하게도 더는 아기가 아니라 생명이 빠져나간 자그만 육신이 되어 조그만 팔과 다리와 이마에 검은 꽃처럼 멍이 든 모습이, 생생히 떠오르고 말았으니까.

   헨의 말이 맞았다. 이자벨이 따 온 수북한 나뭇잎들은 여왕의 침소로 삼아도 좋을 만큼 근사한 잠자리가 되어 주었다. 하지만 이자벨은 뒤척이며 잠을 이루지 못했다. 새들의 노랫소리에 아침 해가 일어날 때까지.

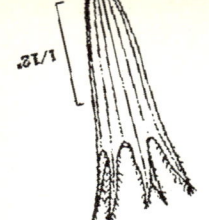

13

잠깐 멈춰도 될까? 저기 셋째 줄 중간에서 좀 뒤쪽에 앉아 십 분째 손을 들어 흔들고 있는 남자아이가 있어서 말이다. 남이 이야기를 할 때는 끝날 때까지 손을 가만히 내려놓는 센스에 대해 못 들어본 사람들이 좀 있는 것 같다. 방해되었다고 하는 소리는 절대 아니다. 내가 이야기의 세세한 부분과 일들이 일어난 순서와 누가 누구에게 무슨 말을 했는지 등을 정확하게 기억해 내는 동안 앞에서 누가 정신없이, 줄기차게 손을 흔들어 댔다고 해서 뭐 그리 거슬렸겠나. 하하, 하나도 짜증 안 나더라. 전혀.

뭐? 램프? 아, 캠프. 캠프가 무슨 캠프인지 알고 싶어서 그랬다고? 내가 이야기 안 했나? 한 줄 알았는데.

내가 아는 데까지는 알려 주겠다. 마녀가 살던 곳, 다섯 마을로 이루어진 그 지역에서는 각 마을을 돌아가며 마녀가 습격을 해 왔다. 그래서 마녀가 오는 시즌을 맞은 마을의 아이들은 마녀가 왔다가 가 버릴 때까지 마을을 떠나 숨어 있었던 것이다. (그리넌, 아가독, 코린, 스토니배터, 드루마누 순이었다.) 코린 아이들은 그리넌 남쪽 숲 속 캠프로 피난을 가고, 아가독 아이들은 스토니배터 남쪽 숲 속 캠프로, 이런 식이었다.

솔직히 말하면 나도 캠프에 대해서 자세히는 모른다. 뭐, 봄이나 여름철이라면 아이들은 딸기도 따고 개울에서 고기도 잡고 돌멩이로 다람쥐도 잡았겠지. (이건 좀 잔인하다고 볼 수도 있겠지만 그 애들은 먹을 걸 구해야 했다. 조금만 내려가면 슈퍼가 있다든지 하는 상황이 아니었다는 말이지.) 그럼 밤에는 모여 앉아 도란도란 이야기를 했냐고? 기다란 들풀을 뜯어 냄비 받침을 짰냐고? 나뭇가지를 엮어 뗏목을 만들었냐고? 나야 모르지. 그런 이야기 해 줄 수 있는 사람들은 따로 있다. 당신이 직접 한번 나서 보는 건 어떨까? 그 아이들 중에 거기 살고 있는 아이들이 있거든. 아, 물론 지금은 어른이 되어 있다. 하지만 장담하건대 아직 그 시절을 잊지 않았으니까 당신이 직접 가서 물어보라. 그 문을 찾아내기만 하면 되는데.

14

아침이 되어 두 아이는 남쪽으로 다시 걷기 시작했지만 헨은 아무런 불평도 하지 않았다. 지금 우리가 마녀에게서 멀어지는 게 아니라, 가까이 가고 있다는 걸 알 텐데, 왜 방향을 틀자고 하지 않지? 이자벨은 이상했다. 어쩌면 먼저 방향을 돌리자고 말을 꺼내, 헨을 캠프까지 데려다 주어야겠다고 생각했다. 하루 정도 걸으면 도착할 테니까. 하지만 그러면 이자벨은 어쩌고? 흠, 그 캠프에서 아마도 빵이나 땅콩버터를, 아니다, 이 세계에 땅콩버터는 없겠지? 그럼 말린 사과 한 줌 정도를? 아무튼 한동안 버틸 만한 식량을 얻어서, 캠프에 안전하게 도착한 헨을 뒤로 하고 혼자 남쪽으로 되돌아오면 되겠다고 생각했다.

그런데 두 눈이 화끈거리고 가려웠다. 다리는 납덩이라도 달린 것처럼 무거웠다. 반나절 걸을 만큼의 체력도 남아 있지 않은 것 같았다. 그 계획대로 하기엔 이 점이 문제였다. 게다가 헨의 얼굴에 어떤 표정이 있었다. 심각하면서 어딘지 음산하기도 한, 마치 오늘 아침 내내 따로 어떤 계획을 단단히 세워 놓은 것 같은 표정.

이자벨은 먼저 말을 걸었다.

"네가 어제 가던 길이 이 길 맞아? 코린 북쪽으로 간다고 했잖아."

"아니요. 숲길로 들어왔어요. 어제 마녀 눈에 띄지 않게요. 더욱이 그림자 달이 떠 있었으니까요. 보름달일 땐 그림자에 절반쯤 덮여도 환해요."

학교에 가지 않아도 되는 기분 좋은 아침이었다. 하늘은 연한 푸른빛, 어깨에 닿는 햇살은 따뜻하지만 뜨겁지 않다. 어젯밤 비가 오지도 않았는데 주위 모든 것들이 막 씻긴 듯한 모습이다. 발 밑 흙은 코코아 가루처럼 곱다. 사실 이자벨은 이미 머릿속으로 그 흙에 뜨거운 물을 부어 핫초코를 타고 있었다. 마시멜로우를 대신할 조약돌도 몇 개 고르며.

이자벨이 다녔던 초등학교에도 이런 흙이 있었다. 그 시절을 떠올리니 손가락 사이를 빠져나가던 그 흙의 감촉이 느껴지는 것만 같았다. 그 흙을 파고 휘젓고 물을 섞어 만든 연한 코코아색 흙 반죽으로 이자벨은 온 세상을 다 만들었다. 학교 식당 쓰레기통 뒤의 한 흙바닥에 이자벨은 깊이 15센티에 지름 30센티 정도 되는 구덩이를 파고 조그만 돌멩이들로 믹싱 볼처럼 동그랗게 테두리를 둘렀다. 떨어진 나뭇가지를 숟가락 삼고 가끔은 집에서 플라스틱 칼도 가지고 왔다. 때론 구슬을 한 줌 가져와 흙 반죽 케이크와 파이를 장식했다.

유치원 때, 초등학교 1학년, 2학년, 3학년 때까지. 이자벨은 매해 흙 놀이의 묘미를 재발견했다. 때로는 새 학기가 시작하는 9월부터, 때로는 봄이 온 다음부터. 그러다 2학년 때, 어떤 여자아이가 이자벨과 함께 흙 놀이를 하기 시작했다. 그래서 처음으로 이자벨은 누군가와 무언가를 함께하는 즐거움을 알게 되었다. 함께 흙 반죽을 젓고 흙 머핀을 만들고 점토와 나뭇가지로 패션 인형을 만들며 둘은 중얼중얼 말을 주고받았다. 간간이 몇 마디씩. 둘에게 많은 말은 필요하지 않았다.

그 친구의 이름은 엔젤 피셔.[6] 이자벨은 세상에서 가장 멋진 이름이라고 생각했다. 그래서 그림도 여러 장 그렸다. 한 여자아이가 실크 그물을 들고 개울가에 앉아 물에서 천사들을 낚아 올리는 그림. 이자벨은 이 그림들을 봉투에 넣고 크리스마스 스탬프를 찍어 엔젤에게 보냈다. 엔젤은 이자벨만큼이나 흙을 사랑하는 아이였다. 흙에는 뭔가 대단한 마력이 있다는 것을 아는 아이. 누가 그러라고 하지 않아도 '점토'라고 부를 흙을 무심하게 '진흙'이라고 부르지 않는 아이. 검은 머리는 항상 한 갈래로 땋았고, 손톱은 물어뜯는 버릇이 있어 늘 바싹 짧았다.

물론 아이들은 엔젤을 빼앗아 갔다. 이자벨은 미리 낌새를 챘다. 둘의 흙 놀이터에 나타난 엔젤이 은박지에 싸인 키세스 초콜릿을 손에 들고 놀라 휘둥그런 눈으로 에이프릴 헤네시가 나한테 이걸 줬어, 느닷없이 나한테 이걸 줬어, 라고 말했던 날, 이자벨은 이제 시간문제라는 걸 알았다. 에이프릴 헤네시. 노란 머리에 벌건 피부. 코는 돼지처럼 들쳐 올라갔던 아이. 에이프릴 헤네시. 엔젤과의 우정을 원했던 것이 아니라 단지 이자벨이 비참해지기를 원했던 아이.

"내가 죽여 버릴 거예요."

이자벨은 우뚝 멈춰 섰다. 손에 쥔 조약돌들이 떨어져 길가로 굴러갔다.

"누구를 죽여, 헨?"

"마녀요."

헨은 멈추지 않고 계속 걸어가며 대답했다.

"아마 하느님이 저를 마녀한테 보내려고 그쪽을 만나게 해 주신 것 같아요. 정말 확실한 계시 아니에요? 길 한가운데 바위에 앉아서 저를 기다리고 있었잖아요. 꼭 하느님이 거기에 앉혀 놓은 것처럼."

"너 몇 살이야, 헨?"

이자벨은 종종 걸음으로 헨을 따라잡으며 물었다.

"열 살이요. 석 달 있으면 열한 살이에요."

"너, 정말 네가 마녀를 죽일 수 있을 것 같아? 무기도 없잖아, 마법이 있는 것도 아니고."

헨은 멈추어 섰다.

"저 손 힘세요. 늙은 쭈그렁 할망구 목 조를 수 있을 정도는 돼요."

헨은 힘을 증명해 보여 주듯이 한 손으로 다른 손목을 꽉 쥐었다.

"지금쯤 마녀는 엄청 나이 들었을 거예요. 뼈에 살가죽만 걸쳐져 있을걸요. 어젯밤에 자려고 누워 있다가 생각했어요. 이렇게 두려워하면서 사는 거, 이제 정말 지쳤다는 생각이 들었어요. 지금은 코린이지만, 좀 있으면 스토니배터로 아이들을 잡으러 가겠죠. 끝나지 않아요. 이 마을 다음에는 저 마을, 돌고 또 돌고. 마녀가 죽기 전까지는요. 마녀는 이백 살 넘게 살 수 있대요. 그러니까 앞으로도 오랜 세월 우리는 이렇게 살아야 한다는 거잖아요. 마녀가 그 짓을 멈추지 않는 한은요."

헨은 이자벨에게로 돌아섰다. 그리고 잠시 말이 없다가 입을 열었다.

"절 도와주셔도 되고요."

"도와……줘?"

이자벨은 눈을 몇 번 깜박깜박했다.

"네, 제가 목을 조를 때 마녀를 붙들어 주세요."

이자벨은 다시 걷기 시작했다. 나무 위에서 태양이 불타올랐고 나무 그루터기에 앉은 다람쥐는 앞발에 쥔 도토리를 향해 화를 내듯 찍찍거렸다. 이자벨은 땀이 나기 시작하는 두 손을 주머니에 넣었다.

"제가 괜한 말 했나 봐요. 우리 그 이야기는 더 하지 말아요."

헨이 뒤쫓아 달려와 숨 가쁘게 말했다.

"헨, 나 목 마르다. 너는 안 말라? 개울이 여기서 멀까?"

헨은 숲 쪽을 향해 고개를 잠시 기울였다.

"물소리가 들려오지는 않는데요, 그래도 제 생각엔 1킬로미터 정도 반경 안에는 개울이 있을 거예요. 이리저리 구불구불하긴 하지만 이 숲이 그리 크지도 않고, 숲 한가운데를 가로지르면서 흘러가니까요."

숲의 나무 그늘에 이자벨의 피부가 시원하게 식었다. 이자벨은 헨을 뒤따라 걸으며 침착해지려 노력했다. 아무도 안 죽어. 내가 막을 수만 있다면 막을 거야, 되뇌었다. 그리고 들이쉬는 숨과 내쉬는 숨에 집중했다. 한 걸음 디딜 때마다 부츠 바닥에 납작 절하는 발가락, 가벼이 구부러졌다가 펴지는 무릎, 어깨에 붙어 느슨하게 흔들리는 두 팔을 느꼈다. 손가락 사이로 공기가 길을 찾아 빠져나가는 것도 느꼈고, 두 귀가 머리통에 꼬옥 붙어 있는 것도 느꼈다. 몸의 모든 부분들이 그렇게 함께 매달려 있었다. 지금까지 자신의 몸에 대해 한 번도 이렇게 느껴 본 적 없었는데 뭐랄까, 위안이 되는 기분이었다.

하지만 일 초 후, 흙 위에 드러난 나무뿌리에 발이 걸려 몸이 붕 뜬 것은 뭐랄까, 참 위안 안 되는 기분이었다. 스스로에게 적응을 좀 할라치면 꼭, 하고 생각하며 땅으로 엎어져 굴렀다. 조그만 돌멩이와 나뭇가지들이 이자벨의 손바닥이 제집인 듯 쏙쏙 박혀 왔고, 발목은 날카로운 통증으로 욱신욱신했다.

헨이 곧바로 달려와 끈을 풀고 빨간 부츠를 이자벨의 발에서 벗겨 냈다. 차가운 헨의 손가락이 이자벨의 발목이 부어오른 것을 느꼈다.

"부러지지는 않은 것 같은데 아무래도 삔 것 같아요. 개울까지 뭐 100킬로미터 남은 건 아니니까, 가서 차가운 개울물에다 발목 담그고 부은 게 가라앉는지 보는 게 좋겠어요."

이자벨은 헨에게 몸을 기대고 한 발로 뛰어 개울가로 다가갔다. 이끼가 가득 낀 둑에 등을 기대고 눈을 감은 채 가만히 차가운 물속으로 다친 발을 집어넣었다.

"다시 땅 디디기 전에 그 발, 붕대로 감는 게 좋을 거야. 안 그러면 더 무리가 가서 한참을 낫지 않으니까."

뒤에서 이렇게 말하는 누군가의 목소리.

헨은 재빠르게 움직였다. 나무 사이를 살피며 몸을 구부려 땅에서 커다란 나뭇가지를 주웠다.

"누구야? 나오는 게 좋을 거다."

"겁낼 거 없어."

여자 목소리였다. 그리고 다음 순간, 한 팔에 바구니를 든 목소리의 주인공이 모습을 드러냈다.

"여긴 내 숲이야. 그러니까 따지자면 침입해 들어온 건 너희들이라고. 하지만 어쨌든 난 상관없으니 걱정 마."

여자는 이자벨을 보더니 고개로 발목을 가리키며 물었다.

"내가 좀 봐도 될까? 내가 도와줄 수 있을지도 모르는데."

이자벨은 고개를 끄덕였다. 여자는 상냥한 얼굴이었다. 전체적으로 옅게 주름이 졌고 눈가엔 새 발 모양을 한 웃음 주름이 있었다. 눈동자는 파랬다. 수레국화나 한여름의 맑은 하늘색처럼. 그 여자가 이자벨에게로 몸을 굽혀 앉는데 무릎에서 도독, 하는 소리가 들렸다. 이자벨은 엄마 생각이 났다. 몸을 굽히고 돌릴 때마다 이 관절 저 관절이 우드득, 뚝, 요란한 엄마.

여자는 한 손으로 이자벨의 다친 발을 잡더니 다른 손으로 발목을 살며시 왼쪽으로 밀어 보고 오른쪽으로도 밀어 보았다. 찡그리는 이자벨의 표정을 보며 여자는 눈썹을 추켜올리며 물었다.

"이렇게 하니까 아프지? 발목을 단단히 삔 게 맞는 것 같다. 하지만 더 심한 부상은 아니니까 다행이야. 적어도 하루 이틀 정도는 그 발에 체중을 실으면 안 돼. 내가 유칼립투스 잎하고 녹나무로 만든 찜질제를 만들어 감아 줄 수 있는데. 아마 낫는 데 도움이 될 거야."

헨이 이자벨 옆 바닥에 무릎을 대고 앉았다.

"저도 유칼립투스가 발목 삔 데 효과 있다는 거 들었어요."

여자는 헨을 쳐다보았다.

"너 치료하는 법에 대해 좀 아는구나?"

"조금요. 저희 삼촌이 약재상 되는 교육을 받으셨는데 9년 전쟁7에서 돌아가셨어요, 배운 거 활용해 보시지도 못하고. 그래도 돌아가시기 전에 저한테 좀 가르쳐 주셨거든요."

"끔찍한 전쟁이었지."

그 여자는 고개를 끄덕이며 이렇게 말했다. 그리고 일어서서 앞치마에 묻은 흙을 털어 냈다.

"많은 목숨이 희생되었어. 아무 의미도 없이 말이야. 난 그렇게 생각해. 왕들의 전쟁이라면서 싸우긴 마을의 아들들이 싸웠지. 참 어리석은 일이었지, 전부 다."

여자는 앞치마를 들어 올리더니 단 한 번의 동작으로 밑단 쪽에서 천을 한 줄 쫙 찢어 내고, 또 한 줄 찢어 냈다.

"이걸로 발목을 감싸 보자, 일단은. 우리 집이 멀지 않아. 여기서 1킬로미터 정도만 가면 돼. 하지만 가까운 거리라도 이 발목을 단단히 감싸기 전에는 걸어선 안 돼."

이 나이 든 여자의 어깨에 기대어 걷는데, 이자벨은 어쩐지 편안했다. 한 발로 깡충깡충 불편하게 나아가는데도 전혀 불편하지가 않았다. 왜? 그리고 이 숲의 나무들은 왜 이리도 익숙하게 느껴질까? 그리고 집에 거의 다다라 연기 피어오르는 굴뚝이 보이자 왜 마치 전에 와 본 곳에 돌아온 기분이 드는 걸까? 왜?

아, 알겠다. 이자벨은 굳게 확신했다.

음…… 거의 확신했다.

아무튼 미친 사람처럼 키득키득 웃음이 터져 나올 정도였다. 그러자 잠시 후 헨도 따라 웃기 시작했고 그 여자도 슬며시 웃음을 지었다.

"근데 우리 왜 웃는 거예요?"

잠시를 그렇게 웃다가 헨이 물었고, 이자벨은 고개를 저었다.

"그냥, 좋아서."
이번엔 헨이 고개를 설레설레 흔들었다.
"'그냥 좋아서'가 뭐예요. 뭐 그런 대답이 다 있어요?"
그리고 두 아이는 좀 더 웃었다.

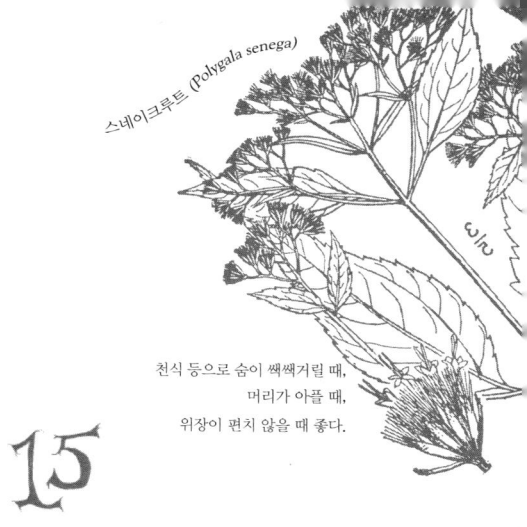

스네이크루트 (Polygala senega)

천식 등으로 숨이 쌕쌕거릴 때,
머리가 아플 때,
위장이 편치 않을 때 좋다.

15

그렛의 집은 조그마했다. 그리고 그 작은 집이 더 좁아 보였다. 불협화음을 이루며 집을 메운 온갖⋯⋯ '것'들 때문에. 이자벨은 따로 뭐라 총칭할 단어가 생각나지 않았다. 물론 가구도 있었지만 많지 않았다. 부엌 난로 근처에 둥그런 식탁 하나와 의자 두 개, 벽난로 앞에 흔들의자 세 개. 부엌에서 좀 떨어진 작은 침실에는 좁다란 침대 하나가 있고, 파란 세면대가 목재 받침대 위에 놓여 있었다.

그렛의 집에서 확연히 자리를 크게 차지하고 있는 것은, 나무로 짠 바구니들과 나무 상자들, 그리고 윤기가 나는 빨갛고 파란 점토 항아리들이었다. 전부 뭔가를 뒤죽박죽 담고 있었다. 우선 아직 흙냄새가 나는 뿌리와 잎사귀들이 많았다. 그리고 보라색에서 분홍색으로 이어졌다가 다시 파란색, 그리고 회색으로 엷어지는 까슬한 털실을 감아 놓은 꾸리들이 있었다. 그리고 네모와 긴 띠 모양으로 잘린 온갖 색상의 천이 적어도 세 상자 이상 가득 담겨 있었고 사과가 항아리 여덟 개에 넘치게 담겨 있었다.

벽은 책장으로 메워져 있었고, 책장은 책으로 메워져 있었다. 등에 아무것도 적혀 있지 않은 책들이 빼곡히 꽂혀 있었다. 한눈에 이자벨은 당장 한 권씩 펼쳐 모두 읽어 버리고 싶은 생각이 들어 몸이 근질거렸다.

"자, 앉아. 발목 치료 준비하기 전에 마실 걸 좀 가져올게."

그렛은 부엌 난로의 입구를 열고는 막대로 몇 번 쿡쿡 쑤셔 더욱 활활 불을 지폈다.

"차도 있어요?"

둥그런 식탁 앞에 앉은 헨이 기대하며 물었다.

"응, 썩 좋은 차는 아니지만. 그리고 배고프면 빵도 좀 있어. 오늘 아침에 소금 빵을 좀 만들었거든."

그 말에 이자벨은 어릴 때 소금과 밀가루를 반죽해 만들었던 밀가루 점토가 생각났다. 입에 조금 집어 넣어 보니 짜기가 바닷물 같았던 그 맛도. 하지만 그렛이 만든 소금 빵은 짠맛 속에 단맛이 은은히 깔려 있었다. 마치 바다가 아침 식사로 각설탕을 한 줌 먹은 것처럼. 하지만 차는 써서 이자벨과 헨은 꿀을 숟가락 가득 몇 번이나 넣고서야 겨우 한 모금을 넘길 수 있었다.

"그 차를 마시면 잠이 와."

그렛은 흔들의자 하나를 식탁 가까이로 가져와 앉고는 이자벨의 발목을 들어 자신의 무릎 위에 올렸다. 그리고 이자벨의 얼굴을 보더니 말했다.

"많이 피곤해 보이네. 좀 쉬어야겠다. 헨, 너도."

이자벨은 벌써부터 졸음이 오고 있었다. 하지만 그 와중에도 이상하다는 생각이 들었다. 헨이 그렛에게 이름을 소개했던가? 세 사람은 집까지 숲길을 걸어오면서 서로 소개를 하지 않았다. 이렇게 만난 것도 인연이네요, 라든가 만나서 반갑습니다, 제 이름은…… 같은 말들을 전혀 주고받지 않았다. 다만 집에 다다랐을 때, 대문 아래 거친 갈색 종이에 싸서 노끈으로 묶은 꾸러미가 놓여 있었고 그 종이 위에 숲의 그렛에게라고 휘갈겨 적혀 있었다. 검은 잉크가 뚝뚝 떨어지는 펜으로 쓴 듯이 글자마다 가는 잉크 줄이 핏줄처럼 뻗쳐 나와 있었다. 주소는 꼭 거미가 무어라고 써 놓은 것 같았다.

"그래, 이게 내 이름이야. 너희들도 그렛이라고 불러."

그렛은 그 꾸러미를 집어 들며 말했다.

"이름 하나면 충분해. 이름 말고 불리는 말이 많다는 건 그만큼 사람들이 쉽게 단정한다는 소리니까."

"어떤 사람들이요?"

헨이 물었지만 그렛은 고개를 저을 뿐 그에 대해 더는 아무 말도 하지 않았다.

이제 그렛은 이자벨의 발목을 잡고 부드럽고 기다란 천을 조심스레 감았다. 천에서 향나무 냄새, 박하 냄새가 났다. 유칼립투스 잎을 걸쭉하게 달인 데다 밀랍을 섞어 연고로 만든 다음 기다란 천에 발라 찜질제를 만든다고 그렛이 헨에게 설명하는 동안 이자벨의 눈꺼풀은 점점 무거워졌다.

"그럼 우리 이 아이를 침대로 옮기자."

이자벨은 설명을 마친 그렛이 헨에게 이렇게 말하는 목소리를 들었다. 그리고 몸이 공중으로 들려 옮겨지는 걸 느꼈다. 갑자기 어딘가 푹신한 곳에 몸이 놓였다. 어쩌면 바다 위 같기도 했다. 베개로 소금 빵이 띄워져 있고, 물결 너머 파랑새 한 마리가 노래를 하는 잔잔한 바다 위.

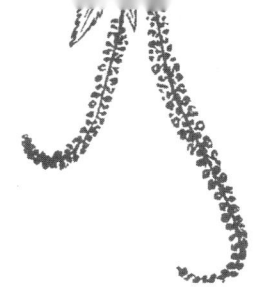

지금 이 글을 쓰다 고개를 들어 보니 벽에 거미 한 마리가 붙어 있다. 팔을 뻗어 찢어 버리고 싶은 생각이 든다. 하지만 그렛과 시간을 좀 보내다 보면 몇 가지 배우게 되는 것들이 있다. 알고 보니 거미들은 생각보다 훨씬 여러 면에서 이로운 생명체였다. 사람들이 원치 않는 쥐며느리, 메뚜기, 흑색 날벌레, 진딧물 같은 곤충들을 잡아 줄 뿐 아니라, 빼어난 아침의 예술가이기도 하다. 또, 최고의 사색가이자 철학가로도 알려져 있다. 달이 지구의 밀물, 썰물과 손을 잡고 추는 춤에 대해 처음으로 이해한 것도, 그래서 누구든 들어 줄 이를 위해 중력의 비밀을 속삭인 것도 바로 거미였다.

그러면 내 방 벽에 붙은 단추만 한 평범한 갈색 거미는 어떠냐고? 아마 농담하길 좋아할걸. 그리고 집 옆에서 자라는 고사리 아래에 조그마한 딸기를 키우기로 유명한 농부 거미이지 싶다. 이 거미를 찧어 죽이면, 내가 얻는 건 뭘까? 그리고 이 세상이 잃는 건 뭘까?

그 점을 한번 생각해 보길 권한다. 다음번에 혹시 인도를 기어가는 개미 한 마리를 밟아 죽이고 싶은 생각이 들 때나(그렛은 말한다. 개미는 가족에게 충실하고 열심히 일하는, 참으로 고귀한 생명체라고. 그리고 해가 저물기 직전, 낑낑거리며 짐을 나르고 집을 짓는 일과를 마치고, 이제 미친 듯이 서두르던 움직임을 마침내 늦추고 있는 개미를 만난다면, 개미에게 얼마나 유머 감각이 넘치는지도 알 수 있을 것이라고.), 나비를 잡아 판지에다 핀으로 고정해 놓고 싶은 욕구가 들 때 말이다.

우리가 뭉개고 핀을 꽂음으로 해서 이 세상에서 어떤 이야기들이 이야기되지 못할까? 어떤 농담들이 사라질까? 어떤 노래들이 불려지지 못할까?

가던 길 가. 작은 갈색 거미 씨. 잘 지내 보자고.

녹나무 (Cinnamomum camphora)

통증을 줄여 주고
피부를 진정시키고
코 막힘을 해소해 준다.

17

이자벨은 오므린 손 안에 거미를 태우고 절뚝절뚝 방에서 걸어 나왔다. 낮잠에서 깨어나 보니 이 까맣고 작은 거미가 이자벨이 덮고 있던 퀼트 이불 위를 기어가고 있었다.

"여기선 거미 어떻게 처리해요?"

이자벨이 그렛에게 물었다. 그렛과 헨은 발코니에서 흔들의자를 흔들며 에키네이셔 꽃을 따기에 어느 길가가 더 좋은지를 의논하고 있었다. 그렛은 대바늘로 뭔가를 뜨고 있었는데 그 뭔가가 뭔지는 알 수가 없었다. 소매는 달려 있지 않아 보였는데 숄일 수도 어쩌면 낙하산일 수도. 어쨌든 흥미로운 물건일 거라고 믿었다. 이자벨에게 그렛은 평범하고 흔한 것을 뜰 사람으로 여겨지지 않았으니까.

"그냥 갈 길 가게 해."

그렛이 대답했다.

"그 녀석은 이름이 트래비스야. 여행가지, 탐험가. 자기네 무리로 늘 소식을 물어다 주고."

"거미 한 마리 한 마리 이름을 아신다고요? 그럼 얘 직업은 뭔데요?"

헨이 설마 농담이겠죠? 하는 표정으로 물었다.

"알지. 정말이야, 헨. 묻기만 하면 알 수 있어. 거미들은 입술에 자물쇠 채울 줄을 모르거든. 한번 열고 이야기 시작하면 잘 안 다문다."

"거미가 입술이 있는 줄도 몰랐어요."

"거미는 아주 완전한 생명체야."

그렛은 뜨던 것을 내려놓고 일어서서 이자벨에게 손을 내밀었다.

"내가 트래비스 제 갈 길 가도록 보내 줄게. 이자벨 너는 앉아 있어. 많이 돌아다니면 안 돼."

그렛이 집 안으로 들어간 후 헨은 의자를 이자벨 가까이로 당겼다.

"그렛 말이에요, 어딘가 이상하죠? 안 그래요?"

그런가? 이자벨은 생각해 보았다. 이상하다는 소리는 이자벨 자신이야말로 언제나 들으며 살아왔다. '이상하다'는 말은 이자벨이 들어본 놀림 가운데 가장 순한 표현이었지만 대신 거의 매일 들었다. 이자벨의 엄마조차도 가끔은 이랬다.

"이자벨, 넌 정말 이상해."

엄마에게서 이런 반응은 대체로 이자벨이 뭔가를 물었을 때 나왔다. 가령 얼음에 대해. 얼음 스스로는 춥지 않을까? 혹은 연필에 대해. 초등학교 1학년 때, 이자벨은 소리 내어 '연필도 꿈을 꿀까?' 궁금해했다. 반쯤 꿈꾸는 듯한 얼굴로 손에 쥔 연필에 금박으로 새겨진 제 이름을(인쇄상 실수로 '이자벨 반', 자주 이랬다.) 들여다보며.

그러자 엄마는 대답했다.

"아니, 넌 어디서 그런 생각이 나와? 참 이상한 녀석이야, 아무튼."

이자벨은 엄마가 자기를 이상하다고 한 것은 괜찮았다. 하지만 질문에 답은 해 주길 바랐다.

이자벨이 복도를 지나가면 교사들이 수군수군 이상한 아이라고 했고, 이자벨이 점심시간에 도시락 뚜껑을 열어 핫도그 빵 사이에 라벤더 젤리를 끼운 샌드위치를 꺼내면 여자애들이 키득거리며 이상한 아이라고 했다. 운동장에서 놀던 남자애들은 지나가는 이자벨에게 '외계인', '찐따', '멍청이' 같은 말들과 더불어 이상한 아이라고 외쳤고 생판 모르는 사람들까지 이상하게도 이자벨을 이상하다고 했다.

하지만 이자벨은 한 번도 자신을 이상하다고 느낀 적이 없었다. 그냥 자기 자신 같다고 느낄 뿐이었다. 그냥 이자벨 빈 같았다. 거기에 뭐가 그리 이상한 점이 있다는 것일까?

"아니."

이자벨은 대답했다.

"난 그렛이 이상한 것 같지 않아."

저녁 때 세 사람이 먹은 수프의 재료를 두 아이 모두 다 맞출 수 없었다. 숲에서 딴 버섯이 향을 벗어 놓은 국물 속에 꼭 나뭇가지처럼 생긴 뭔가도, 조그만 꽃 같은 것도 들어 있었다. 어쨌든 맛있었다. 소금 빵도 먹었고 차도 마셨다. 인동꽃을 우려낸 차라 이번엔 졸리지 않았다.

따뜻한 저녁나절이었고 식사 후 이자벨과 헨과 그렛은 발코니 흔들의자에 앉았다. 그렛이 책장에서 꺼내 온 책 한 권을 소리 내 읽었다. 한 여자아이와 한 남자아이가 날개 부러진 새를 발견해 집으로 데려온 이야기였다. 이야기는 이 새를 치료하는 방법에 대한 상세한 설명들로 가득했다. (찧은 천수국과 깨끗한 샘물이 몇 방울 필요하단다.) 처음에 이자벨은 그다지 이야기에 빠져들 것 같지 않았다. 평범한 아이들보다는 마법이나 요정 등이 등장하는 이야기가 취향이었으니까. 하지만 얼마 지나지 않아 이자벨은 그 작은 새가 낫길 간절히 바라며 이야기를 따라가고 있었다. (그리고 주인공 여자아이가 일을 좀 제대로 해 주길 바랐다. 누가 새가 날도록 돕는답시고 나방 날개를 먹이나? 이보세요! 좀!)

이야기가 끝나자 이자벨은 그 이야기가 머릿속에 그려 준 장면들 대신 실제 눈앞에 있는 것들이 보이기 시작했다. 발코니가 새들로 가득했다. 난간과 계단에, 그리고 그렛의 발치에 새들은 조용히 앉아 있었다. 비둘기와 파랑새, 홍관조, 참새, 그리고 서른다섯 마리가 넘어 보이는 밤색 굴뚝새들이 모두 가만히 집중하여 그렛의 목소리를 듣고 있었다.

이자벨은 팔로 무릎을 당겨 가슴에 끌어안았다. 저녁을 먹은 지 한 시간 반도 넘은 것 같은데 이상하리만큼 속이 두둑했다.

그리고 이자벨은 알 수 있었다. 그다지 배가 부른 게 아니라는 것을……

외롭지 않은 거였다.

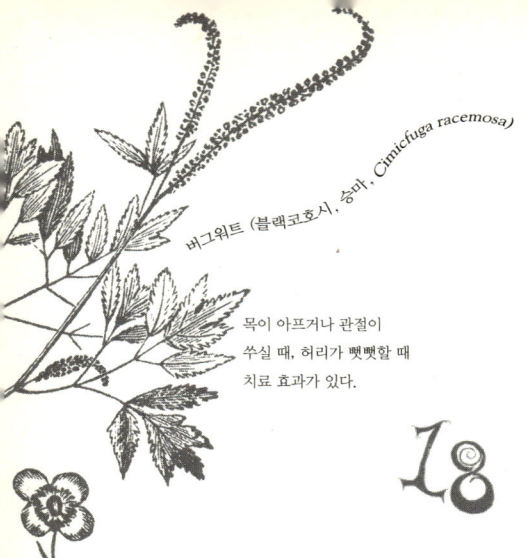

버그워트 (블랙코호시, 승마, *Cimicfuga racemosa*)

목이 아프거나 관절이 쑤실 때, 허리가 뻣뻣할 때 치료 효과가 있다.

18

"어서 안 일어날래? 이 게으름쟁이들! 할 일 있어!"

이자벨은 겨우 일어나 앉았다. 여기가 어디지? 침대는 침대인데. 어, 침대가 아니다. 마룻바닥에 여러 장의 담요와 퀼트를 구름처럼 깔아 놓은 잠자리다. 하지만 따뜻하고, 정 – 말 포근해서 도저히 나갈 수가 없다. 옆을 보니 헨이 한숨을 쉬며 뒹굴었다. 이자벨이 살살 깨우자 헨은 중얼거렸다.

"딱 오 분만요, 엄마. 우유는 제이콥이 짤 거예요."

이자벨은 낄낄 웃었다.

"나, 네 엄마 아니야."

이자벨은 헨의 옆구리를 손가락으로 콕 찔렀다.

헨은 팔꿈치로 몸을 반쯤 일으켜 잘 떠지지 않는 눈으로 이자벨을 보았다.

"아, 안녕히 주무셨어요? 여기가 어딘지 깜박했어요."

이자벨은 주먹으로 헨의 어깨를 살짝 쳤다. 이자벨은 오늘 아침 왜 이렇게 뭐든 툭툭 치고, 콕콕 찔러 보고 싶은지 알 수가 없었다. 여태 그러고 싶던 때는 대체로 무슨 이유에선지 기분이 좋지 않을 때였다. 하지만 오늘 아침은 반대였다. 마치 별안간 세상 모든 것이 즐겁기만 해서 하나하나 만져 보지 않고는 지나갈 수 없는 기분이랄까? 숲 한가운데 자그만 집에서 지금 이자벨은 창 너머 쌓이는 햇살을 보며 구름 같은 잠자리에 앉아 있다. 이 자그마한 집, 이 숲 속에서. 음, 이런 숲은 포레스트(forest)라 해야 할까, 아니면 우즈(woods)라 해야 할까? 뭐가 다를까? 이자벨은 궁금해졌다.

(어떤 이야기 속에 등장하느냐에 따라 결정된다는 생각이 들었다. 이자벨이 빠져 들어온 이곳이 어떤 세상이냐에 따라서 말이다. 마법이 걸린 숲이라든지 환상적인 느낌의 숲이라면 포레스트가 어울렸다. 엘프와 요정들이 사는 곳. 마법의 포레스트 속에 사람도 들어올 수 있을까? 좋은 질문. 나중에 조사를 해 봐야겠다고 생각했지만, 지금 느낌으로는 포레스트 하면 참으로 마법과 어울려서, 가장 특별한 종류의 인간 — 말하자면 체인질링 같은 인간 — 만이 들어올 수 있는 곳 같았다.

반면에 우즈는 좀 더 투박한 느낌이었다. 트롤이라든지 마녀라든지 나무꾼이 있을 것 같은 느낌. 마을가에 잇닿아 있어 아이들에게 들어와 놀라고 유혹하는, 그런 숲을 부르기에 적절한 말 같았다. 점박이 독버섯이 있고, 노래하는 시냇물이 흐르고. 음, 보물이 묻혀 있을 수도? 아니, 그건 별로 아닐 것 같았다. 그러면 마법사가 살 수도? 역시 별로. 그렇담 추방당한 사악한 여왕이 산다면 어떨까? 그래, 그건 꽤 그럴듯해.

그런데 체인질링은 어디에든 나타날 수 있는 것 같았다. 우즈든 포레스트든 도시든 교외든. 이자벨이 아는 한 체인질링은 다양한 배경 속에 자연스레 어울릴 수 있는 것 같았다.)[8]

이자벨은 몸을 기울여 헨을 한 번 더 툭, 쳤다.

"너 자꾸 나한테 그렇게 딱딱하게 말할래? 편하게 해. 좀 그렇잖아, 우린 이제……"

입 밖으로 이 단어를 애써 밀어내자 마치 질문처럼 내뱉어졌다.

"친구잖아……?"

하품을 한 헨이 대답했다.

"네…… 그럼 우리 이제 친구예요? 아니…… 친구야?"

"당연히 친구지. 먼 길을 같이 걸어 왔잖아."

이자벨은 힘주어 말했다. 이제 좀 더 자신 있게.

"친구고 자시고, 둘 다 얼른 침대에서 나오지? 여기가 무슨 여인숙이야?"

둘을 내려다보며 허리에 두 손을 짚고 선 그렛.

"여기 이래 뵈도 내가 운영해서 꾸려 나가는 곳이야. 여기에서 지내고 싶으면 너희들도 최대한 몫을 해 줘야겠다."

헨은 이부자리에서 엉금엉금 기어 나갔고 이자벨도 거의 기어 나갔다가 아, 발목! 하곤 앉아 발목 상태를 점검해 보았다. 부기는 거의 가라앉아 아주 조금 볼록했다. 일어서서 그쪽 발에 몸무게를 실어 보니, 미미한 통증만이 느껴졌다. 흠, 100퍼센트 낫지는 않았지만 96퍼센트쯤? 이자벨은 어깨를 으쓱했다. 이 정도면 됐지, 뭐. 이자벨은 얼른 그렛이 내어 준 헐렁한 치마와 부드러운 면 셔츠로 옷을 갈아입었다.

"와서 밥 먹어!"

부엌에서 큰 소리로 부르는 그렛의 목소리.

"먹고 나면 할 일 말해 줄 테니까!"

식탁엔 김이 모락모락 나는 오트밀, 그리고 버터와 잼이 발린 두꺼운 토스트가 기다리고 있었다. 둘은 빨리 먹고 나서 설거지를 했다. 이자벨이 거품 양동이에 그릇을 담가 씻었고 헨이 헝겊으로 그릇의 물기를 닦았다.

"이제 숲으로 나가자. 첫 번째 수업 시작이야."

그렛은 바구니를 들고 현관에 섰다. 그리고 물었다.

"혹시 숲 속 동물이나 벌레 같은 거 무서워하진 않지? 이 숲은 야생 숲이야."

헨은 하하, 웃었다. 마치 제게 숲 속 동물이나 벌레를 무서워하느냐고 묻는 것은 농담으로밖에 받아들일 수 없다는 듯이.

"제가 무서워하는 건 전부 집 안에 있어요. 꿰매야 하는 옷, 목욕시켜 줘야 하는 아기들."

그리고 헨은 이자벨에게 물었다.

"집 밖에 있는 거 뭐 무서워하는 거 있어?"

이자벨은 도리질을 했다. 하지만 그다지 설득력이 물씬 묻어나는 도리질은 아니었다. 거미? 괜찮았다. 다람쥐? 문제없었다. 하지만 뱀?

팔의 솜털이 곤두섰다. 제발, 숲에 뱀은 없어라.

"이 일은 눈도 이용하고 코도 이용하고 가끔은 치아나 혀도 이용하는 일이야."

그렛은 현관에서 20미터쯤 떨어져 있는, 제멋대로 우거진 잡초 밭 옆에 쭈그리고 앉아 설명했다. 이자벨 눈에 말 그대로 잡초였지만 그렛이 한 포기를 뿌리부터 뽑는 모습이 어찌나 정성스러운지, 이자벨과 헨에게 보여 주는 손길엔 또 어찌나 애정이 가득한지, 이자벨은 '누구한테는 잡초인 식물이 다른 누구에겐 장미일 수도 있구나.' 하는 생각이 들었다.

"래틀루트야. 들어 봐."

그렛이 줄기를 잡고 흔들자 가지에 붙은 꼬투리에서 경쾌하게 달각거리는 소리가 났다. 그렛이 자리에서 일어서며 설명했다.

"류머티즘이나 여성들 질환에 좋은 식물이야. 알코올과 물을 섞어서 이걸 14일 동안 담가 두고 매일 흔들어 주면 팅크9가 돼. 한 번에 다섯 방울에서 열 방울 정도 쓰면 돼. 하루에 서른 방울 이상은 쓰면 안 되고."

그렛은 몇 발짝 나아가 다른 식물 한 포기를 뽑았다.

"이건 스네이크루트라는 거야. 이 뿌리를 말려서 가루로 만들어. 귓병이나 치통에 즉효가 있어. 하지만 너무 많이 섭취하면 병이 나지."

수업은 아침 내내 이어졌다. 이자벨은 버그워트, 리치위드, 스쿼루트, 도그로즈 같은 식물 이름을 듣는 건 재미있었지만 그 식물들의 쓰임새나 양이나 약 제조 방법 등은 얼마 안 돼 머릿속에서 뒤죽박죽이 되기 시작했다. 페니로열을 말리랬던가? 엉? 끓이랬나?…… 화란국화액이 몇 방울?…… 애기 머리 방울? 이자벨은 관심이 생기지 않아 점점 집중력이 흐려지다가 어느 순간부터는 그냥 멍하게 넋을 놓고 있었다.

"내 말 듣고 있기는 해?"

위그플랜트라는 식물에 대해서 제법 긴 설명을 마친 그렛이 이자벨에게 물었다.

"지금 머리가 꽉 찼어요. 뭐 하나 더 들어갈 자리가 없어요."

그렛은 한숨을 쉬고 헨에게 고개를 돌렸다.

"헨, 너도?"

하지만 헨은 고개를 저었다.

"전 지금 되게 재미있어요."

"그래? 음, 하늘을 보니 어차피 점심 먹을 때가 된 것 같다."

이제는 이런저런 뿌리와 줄기와 잎과 열매들로 가득 찬 바구니를 집어 들며 그렛이 말했다.

"헨, 우리는 오후에 부엌에서 계속 일하자. 이 뿌리하고 잎들 어떻게 말리는지 가르쳐 줄게. 시럽 끓이는 방법도. 이자벨, 넌……"

그렛은 이자벨을 난처한 눈빛으로 바라보았다. 이자벨에게는 시킬 일이 단 한 가지도 떠오르지 않는 듯이.

"넌…… 넌, 그래, 오후에 쉬어야지. 나중에 네가 도울 만한 일이 있을 거야."

이자벨은 발목 이제 괜찮다고, 이 발목으로 아침 내내 끄떡없지 않았냐고 반발하려다 빙그르르 마음이 돌아섰다. 오후 햇살 아래 발코니 흔들의자에 앉아 흔들흔들 책을 읽는 자신의 모습이 그려진 것이다. 뭔가…… 초콜릿 들어간 간식 같은 것도 먹으면서. 그렛 집에 초콜릿도 있으려나?

"작은 케이크 몇 조각 있어. 그런 거 먹고 싶으면."

그렛의 말에 이자벨은 한 걸음 물러섰다. 그런 거 먹고 싶긴 한데…… 어떻게 알았어요?

오후, 마침내 이자벨이 도울 일이 생겨 그렛은 이자벨을 흔들어 깨웠다. 입가에 슬며시 흐른 침부터 닦고 이자벨은 두 눈을 비볐다. 이자벨이 읽고 있던 것은 그렛의 책꽂이에서 뽑아온 책이었다. 이자벨은 책꽂이 앞에 서서 책을 한 권씩 뽑아 펼쳐 보고는, 놀랍게도 책 속 모든 글자가 직접 쓴 손 글씨라는 것을 발견했다. 똑같이 파란색 미끄러지는 필기체였다. 예쁘기는 하지만 알아보기는 조금 어려운. 그렛이 작가였구나, 생각하며 이자벨은 아무 책 몇 권을 뽑아 발코니로 가져갔다.

읽고 있던 이야기는 한 소녀가 숲길을 이리저리 돌아다니며 온갖 숲 속 생물들과 친구가 되는 이야기였다. 파랑새, 다람쥐, 나비, 나무 등 새로 만난 친구들은 저마다 소녀에게 비밀을 한 가지씩 들려주었다. 그렇게 여러 가지 다른 비밀들을 품고 다니다 보니 슬슬 소녀는 잠이 왔고, 소녀가 부들레야나무 아래 누워 잠을 청하는 대목에서 이자벨의 눈꺼풀도 무거워졌다.

그렛은 이자벨의 무릎에서 책을 집어 들며 말했다.

"이 책 절대 끝까지 읽을 수가 없는 거 아니? 이 책을 쓰면서도 난 도중에 세 번인가 네 번인가 잠들었잖아. 마지막 마침표 찍고 나서는 한 번도 끝까지 읽지를 못했고."

이자벨은 갑자기 잠이 달아나며 물었다.

"책에 마법이 걸린 거예요? 읽는 사람한테 주문을 거나 봐요."

그러자 그렛은 잠시 먼 데를 바라보았다.

"모르지, 뭐."

그리고 부엌으로 따라오라고 손짓하는 그렛.

"자, 이제 오시죠. 지금까지 헨하고 나하고 둘이서 열심히 일했는데, 여기서부터는 네가 도울 일이 있어."

그렛은 조리대 위에 조로록 올려놓은 수많은 항아리와 병을 가리켰다.

"자, 여기 시럽도 있고 팅크도 있고 가루하고 잎들도 있어. 헨하고 내가 이 약재들을 끓이고 썰고 분류하고 빻고 했는데 이젠 담아야 해. 담아서 현관 앞에 내놓아야 해. 오늘 밤 우리가 자는 사이 마을 사람들이 와서 가져가면서 대신 뭔가 두고 갈 거야. 내일 아침에 사람들이 뭘 놓고 갔나 보는 재미가 있을걸. 지난 가을에 딴 마지막 사과나 감자일 수도 있고, 아니면 꿀 몇 단지? 아니면 종이봉투에 설탕을 담아 놨을 수도 있고. 만약 꿀하고 설탕이 있으면 단 간식 좀 더 만들어 줄게, 이자벨."

"그럼 그렇게 놓고 가는 게 약값이에요?"

헨이 젖은 천으로 식탁을 닦으며 물었다.

"박한 대가지, 사실. 대체로는 그래. 그래도 그게 이 마을 사람들이 대가를 지불할 수 있는 방법이고, 돈은 받아 봐야 이 숲속에서 도움이 안 되잖아. 안 그래?"

"약이 필요한 사람이 있을 때 어떻게 알아요?"

그렛은 조리대에 놓여 있던 삼끈 한 뭉치를 들고 엉킨 부분들을 풀기 시작했다.

"대부분 쪽지에다 적어 놓고 가지. '아기가 열이 있어요.' 같은 내용을. 아이들이 와서 말하는 경우도 있고, 질문을 해 오기도 해. 그래서 내가 만든 약을 문 밖에 놔두면 밤사이 큰 아이나 어른이 와서 가져가. 그렇게 얼굴 볼 일이 없게 해야 내가 마을 약제사나 신부에게 미움 사는 일도 없어. 마을을 관리하는 직책에 있는 사람들한테 숲에 혼자 사는 여자는 늘 의심스러운 대상이니까."

"전 한 번도 약을 제대로 짓는 약제사를 만나 본 적이 없어요."

헨은 싱크대에서 손을 씻으며 말했다.

"우리 마을 약제사가 엄마한테 처방해 주는 물약은 눈곱만큼도 도움된 적이 없어요. 온갖 뿌리니 가루니 하는 약재가 가득하면 뭐해요. 그 약방에서 처방해 주는 약은 차가운 물수건이랑 식초로 처치하는 것보다도 효과가 없는데."

"넌 조금 더 큰 다음에 아마 치유사의 도제[10]가 될 수도 있을 거야. 내가 보기에 넌 타고난 소질이 있어."

그렛의 말에 헨의 얼굴이 붉어졌다. 갑자기 제 신발에 앉은 티끌이 눈부시게 예뻐 보이기라도 하는 듯 고개를 푹 숙이고 미소를 지었다.

그리고 잠시 후 헨은 말했다.

"뭔가에 재능이 있다는 건 좋은 일 같아요. 그런데 여자애들은 도제로 안 받아 주지 않아요? 받아 주나?"

그러자 그렛이 쳇, 하고는 말했다.

"참 멍청한 무리들이지. 그런 사회 구조를 생각해 낸 사람들 말이야. 그렇게 하면 이 세상 지적 능력 절반은 소용없어지는 건데."

"지금은 그게 현실인 것 같아요."

헨은 어깨를 으쓱했다. 그리고 뭔가 들어 있는 조그마한 자루를 하나 들어 이자벨에게 건넸다.

"이건 보운셋이야. 열날 때 쓰는 식물. 내가 오늘 그렛한테 배운 대로 양 재는 법이랑 따라 붓는 법 알려줄게. 하나도 어려운 거 없어."

스스로도 놀란 것이, 이자벨은 즐겼다. 가루를 한 숟갈 떠서 네모난 갈색 종이 위에 붓고 그 종이를 삼각형으로 깔끔하게 접는 일을. 스포이트를 써서 조그만 파란 병에 액체를 담는 일을. 병에다 빨간 시럽과 보라색 시럽을 가득 부어 담을 땐 뿌듯한 기분마저 들었다. 다 재미있었다. 그렛이 줄곧 이자벨의 주위를 맴돌고 머리 위에서 지켜보며 감시를 하는데도 말이다. 그렛은 이자벨이 액체를 한 방울씩 떨어뜨릴 땐 함께 방울 수를 세었고, 숟가락으로 가루의 양을 재면 다시 재라고 했다.

"왜 헨은 안 지켜보세요?"

이자벨은 물었다. 마침내 그렛이 그림자처럼 자신을 따라다니며 등 뒤에 내뱉는 숨결이 슬슬 기분 나쁘기 시작했다.

"헨도 실수할 수 있잖아요. 장담할 수 없잖아요."

"실수 안 해. 헨은 꼼꼼하거든."

식탁에 앉아 말린 잎을 갈고 있던 헨은 동그랗게 눈을 뜨고 올려다보았다. 누군가 자신에 대해 그런 말을 했다는 데 놀란 듯이.

"헨이 꼼꼼하면, 저는요?"

그렛은 웃음을 터뜨렸다.

"너? 너는 몽상가야, 이자벨. 몽상가들은 무슨 일을 하든 옆에서 한시도 눈을 떼면 안 돼. 우리 남편도 몽상가였거든……

맞아, 그랬지."

이자벨은 뒤돌아서서 그렛을 보았다.

"남편이요? 결혼하셨어요?"

"지금은 혼자고. 혼자인지가 이제 50년 정도 됐어. 난 결혼은 한 번으로 족했거든."

그러자 헨이 말했다.

"전 절대로 결혼 안 할 거예요. 아기들 뒤치다꺼리하느라 허리도 못 펴면서 살고 싶지 않아요."

"아기 키우기가 꼭 힘들기만 한 건 아니야. 너도 나중에 하나 낳고 싶을지도 몰라."

"그럴지도 모르죠."

하지만 그다지 믿지 않는 것 같은 말투였다.

"엄마는 저 말고도 다섯 명이나 더 낳았어요. 그 덕에 제가 죽을 둥 살 둥 고생이에요. 맏이라서 동생들을 돌봐야 하는데, 만날 이 녀석 찾으러 다니고 저 녀석 찾으러 다니느라 헤매기만 하고 머리 빗으면 빗 머리카락에 다 엉기고, 아, 정신이 하나도 없어져요. 아마 우리 마을에 저보다 아기를 빨리 울리는 애는 없는 것 같아요."

"너한테는 다른 재주가 있잖아."

그렛은 이렇게 말하곤 또다시 이자벨이 병에 시럽 붓는 모습을 어깨 너머로 감시하며 물었다.

"이자벨, 너는? 넌 언젠가 남편이랑 아기 있었으면 좋겠어?"

이자벨은 어깨를 으쓱했다.

"누구를 결혼할 만큼 좋아한다는 게 상상이 안 가요."

"아는 남자애 중에서 괜찮은 애 없니?"

"없어요."

이자벨은 일 초 만에 대답했다. 고개를 저으며. 헨을 만나기 전까지는 괜찮은 여자애들도 별로 만나 본 적 없었다는 말은 굳이 덧붙이지 않았다.

그렛은 이자벨의 등을 토닥거렸다.

"언젠가는 만날 거야. 너 그동안은 힘들었지만, 앞으로 모든 게 점점 나아질 거야. 두고 봐."

단지 얼굴만 보고도 내가 힘든 시간을 보냈다는 걸 그렛은 아는 걸까? 이자벨은 궁금했다. 그 정도는 짐작할 수 있을 것도 같았다. 하지만 마음 깊은 곳은? 그렛은 사람의 속을 들여다볼 수 있었다. 사람의 마음을, 생각을.

사실, 이자벨은 그렛이 마법의 존재가 분명한 것 같다고 느끼고 있었다.

만약 그렇다면 그렛에게는 어떤 마법이 있는 걸까?

아, 이것 참 답을 듣고 싶은 질문 아닌가?

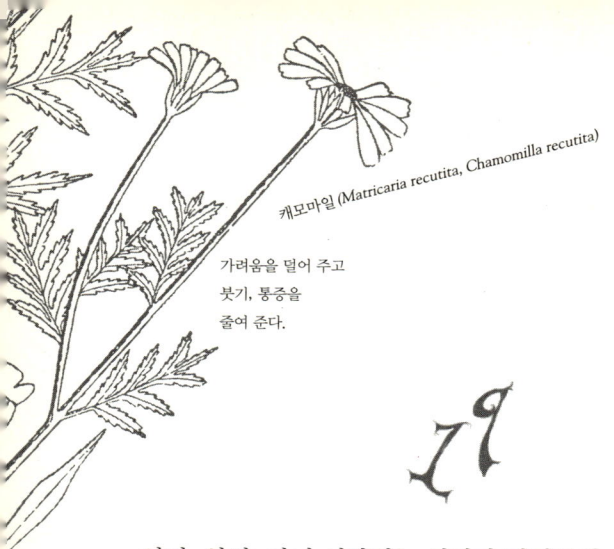

캐모마일 (Matricaria recutita, Chamomilla recutita)

가려움을 덜어 주고
붓기, 통증을
줄여 준다.

19

안다, 알아. 마녀 이야기는 어디다 던져두었냐고? 이자벨이 마녀를 만나긴 만나냐고? 혹시 마녀 찾기는 이제 끝나 버린 거냐고? 만약 끝난 거면, 그럼 이게 뭐냐고? 이자벨과 헨은 이렇게 그렛과 숲 속에서 열매를 따며 오래오래 행복하게 살았습니다. 끝? 그럼 두 아이는 거기서 자라다 그렛이 나이 들면 보살피고, 그렛이 '미지의 저 세상'으로 떠난 후엔 그렛의 '사업'을 물려받냐고?

흠, 그렇게 펼쳐지는 것도 괜찮은 이야기 같은데. 그렇게 생각하지 않아? 솔직히 짜릿한 맛이 좀 없긴 하지만. 어쩌면 그런 이야기는 할머니께서 매주 첫째 주 월요일에 나가시는 독서 모임에서나 읽을 이야기라고 생각하고 있겠지? 할머니의 독서 모임에 따라갔던 기억나? 모임이 열리는 할머니 친구 집에서 꼭 고양이 백 마리쯤 살았던 것 같은 냄새가 났는데 알고 보니 할머니 친구는 고양이를 한 마리도 키운 적 없고 부들부들 떠는 조그만 치와와 한 마리만 키우고 있지 않았나? 그날 밤 모인 사람들이 『로즈마리의 장미덤불』 같은 책으로 이야기를 나누는 모습을 보며, 당신은 꼬부랑 할머니, 할아버지가 되어도 이런 책은 사양하리라 다짐을 했을 것이다. 모험으로 가득 찬 책이 아니라면 차라리 읽지 않으리라, 하며.

그래서, 이 책을 그만 덮는 게 낫겠냐고? 아니, 뭐, 마녀 나올 줄 알고 읽었는데, 여태 두 여자아이와 약초 박사 할머니뿐이니 그래, 책값 환불받겠대도 충분히 이해한다. 영수증은 안 버리고 갖고 있겠지? 자, 그럼 지금 바로 책방으로 직행해서 점원에게 환불을……

잠깐만.

내가 지금 뭘 본 것 같다.

아, 분명히 봤다. 뭔가가 저기…… 저쪽…… 저쪽에……

있다.

책장 사이에서 빠져나와 팔랑팔랑 떨어지는 종이 한 장이다. 그 속에 뭐라고 적혀 있지?

20

며칠 후, 발코니에 앉아 책을 읽고 있던 이자벨은 책에서 종이 한 장이 빠져나와 바닥에 떨어지는 것을 보았다.

반으로 접힌 두꺼운 스케치북 재질의 종이였다. 가장자리 주변은 누렇게 변했고 모서리 부분은 닳아 있다. 이자벨은 몸을 굽혀 종이를 주워 들었다. 쓰여 있는 글씨, 이자벨에게. 조심스레 펴 보니 남색 잉크로 밤 풍경이 그려져 있다. 하늘에는 별들과 보름달. 그 아래엔 숲 한가운데 빈터. 은은한 달빛에 잔디밭이 빛난다. 이자벨은 빈터를 두르고 있는 나무들이 다정하게 보인다. 마치 이제 봄이라며 기뻐하고들 있는 것처럼. 그리고 전경에 있는 나무 두 그루 사이, 무언가 매달려 있다. 담요인가? 아니야, 이건 천을 묶어 만든 침대, 해먹.

해먹이었다. 그리고 그 속에는…… 이자벨은 보지 않아도 알 수 있었다. 하지만 그래도 들여다보았고, 아기가 있었다. 동글동글하고 윤이 나는 작은 아기가. 한밤중에 밖에 나와 있으면서도 아기는 전혀 겁이 나 있지 않았다. 느껴졌다. 보기만 해도 알 수 있었다. 그 그림이 이자벨에게 전하는 느낌을 느끼는 것만으로도 느낄 수 있었다.

하지만 그림을 보던 이자벨은 손가락으로 잡고 있는 종이 가장자리로 뭔가 다른 감정이 밀려오는 것을 느꼈다. '공포'였다. 가장 먼저 느낀 것은 나무들이었다. 나무들은 숲 속에서 아이들이 다가오는 소리를 들었다. 아이들이 속삭이는 목소리를 들었고 바닥으로 손을 뻗어 돌덩이와 자갈을 줍는 소리도 들었다. 누가 오고 있는지 나무들은 알았다……

…… 그리고 나무들은 그 아이들이 이제 무슨 짓을 할 것인지도 알았다.

22

그렛이 부엌에서 발코니로 나왔을 때, 이자벨은 아직 무릎 위에 그 책을 올려둔 채 흔들의자에 앉아 있었다. 이제 이자벨의 눈에는 그렛의 얼굴이 다르게 보일까? 앞마당 장작더미 근처에서 키우는 뱀딸기 밭을 살피러 가는 그렛의 모습을 이자벨은 눈을 가늘게 떠서도 보고 커다랗게 떠서도 보고 고개를 왼쪽으로, 오른쪽으로 기울여도 보았다. 누군가의 가장 어두운 비밀을 발견하고 나면 그 사람 얼굴도 갑자기 못돼 보일까? 슬퍼 보일까? 눈가와 입꼬리에 진 주름은 더 깊어 보이고, 얼굴엔 비통함과 분노와 공포가 서려 보일까?

멀리서 봐도 그렛은 그냥 그렛처럼 보였다. 이자벨의 엄마보다는 나이 들어 보이고 이자벨이 슈퍼에 가다 버스에서 보는, 두 손을 핸드백 위에 곱게 포개어 얹은 노부인들보다는 젊어 보이는 모습. 눈빛은 여전히 친절했고 볼은 여전히 보송보송하고 부드러워 보였다. 그렛의 모습은 어디로 보나 조금도……
이자벨은 그 단어를 생각하기조차 편치 않았다.

이자벨은 나무 꼭대기들을 올려다보았다. 높은 가지에 아이들의 뼈가 매달려 있나 찾아보았지만 보이지 않았다. 스스로가 바보 같이 느껴졌다.

그리고 이자벨은 다시 손에 든 그림을 보았다. 그림 속 나무들은 더는 행복해 보이지 않았다. 달도 더는 빛나 보이지 않았다.

해먹은 비어 있었다.

"책 읽고 있었구나."

그렛이 다시 발코니로 계단을 올라오며 말했다.

"내 책들은 아마 네가 그동안 읽었을 책들처럼 신나진 않을 거야. 그래도 읽다 보면 뭔가 배울 수도 있어. 기대는 걸어 봐."

"기대는 걸어 봐야죠."

이자벨은 책을 덮으며 맞장구를 쳤다. 그리고 그 종이를 다시 책에 끼워 넣으려 무릎을 더듬었는데……

그 종이가 없었다.

그때 이자벨의 얼굴 옆으로 그렛의 얼굴이 바싹 다가왔다.

"무서워할 것 없어. 그래도 헨한테는 말하지 마. 착한 아이지만 오랜 세월을 공포에 떨면서 살아왔잖아. 헨이 알게 되면 어떻게 할지 아무도 몰라."

이자벨은 고개를 끄덕였다.

"이따가 이야기 좀 하자, 우리 둘이."

그렛이 이렇게 말하고 집 안으로 들어가자마자 마당으로 신나게 달려 들어오는 헨이 보였다. 손에 풀 한 뭉치를 들고 이자벨에게 흔들어 보이며 외쳤다.

"골든씰이야! 뭐든지 고치는 풀!"

헨이 골든씰의 기적 같은 효능에 대해 몇 분째 쉬지 않고 떠드는 동안 이자벨은 머릿속으로 수많은 가능성과 개연성과 현실성을 분주하게 짚어 보고 있었다. 그렛은 지금 막, 그만의 방법으로 그래, 나 마녀야, 라고 고백한 것이다. 하지만 비밀이야, 라고 말한 것이다. 그 말은 협박이었을까? 전혀 협박 같이 들리지는 않았지만 이제 와 그런 생각이 들었다.

이자벨은 헨을 보았다. 말한다고 헨이 믿기는 할까? 아, 헨은 마녀가 존재한다는 것은 믿었지. 그러니 찰리 벤더 같은 아이에게 설명하는 것보다 훨씬 쉬울 거야, 하고 이자벨은 생각했다. (아직도 벽장 문 앞에 서서 이자벨이 튀어 올라오길 기다릴 것만 같은) 찰리 벤더라면 마녀라는 개념 자체에 콧방귀를 뀌겠지만, 헨은 태어나서 지금까지 마녀의 그림자 속에서 살아왔다.

헨. 어제 저녁 식사 때, 잘게 부순 도토리와 뱀딸기를 넣어 만든 군침 도는 호박 파이를 먹으며 추운 겨울철 엄마가 만들어 주던 호박 수프가 생각난다던 헨. 호박 수프를 만들 때 지하 저장고에서 그해 가을에 수확한 작고 동그란 호박을 가져오는 일은 헨의 담당이었다고 한다. 척 보고도 어떤 호박이 수프 만들기에 가장 좋은지, 어떤 호박이 돼지 사료로 던져 주는 게 나은지를 아는 헨이어서.

"엄마가 제이콥한테 우유를 짜서 아침나절에 시장에 가져가 팔기 전에 위에 뜬 크림부터 걷어서 부엌에 가져오라고 시키시면, 오늘은 호박 수프를 먹겠구나 짐작했어요."

헨은 파이를 숟가락으로 한 입 떠먹으며 말했다.

"크림이랑 너트멕11이 약간 들어가서 엄마 수프 특유의 맛이 나요. 물론 호박이 푹 익어서 최대한 부드러워지도록 몇 시간 동안이나 뭉근히 끓이고 젓고 하는 과정이 우선이지만요. 다 만들면 슈거한테 맛을 보게 해요. 다섯 살이지만 아주 야무지거든요. 일곱 살이지만 차분히 생각이라고는 안 하는 아르테미스하고는 달라요. 아르테미스는 얼마나 정신이 없는지 몰라요."

헨에게는 남동생 네 명과 여동생 한 명이 있었다. 제이콥, 칼루, 아르테미스, 슈거, 그리고 핍. 이 군단을 모두 돌보는 책임을 헨이 지고 있었다. 엄마는 언제나 밥하고 빵 만들고 빨래하고 옷 만들고 옷 꿰매고 밥하고 밥하고 밥하느라 바빴으니까. 헨의 아빠는 집에 있는 날이 거의 없었단다.

"아빠는 도붓장수세요. 다섯 마을하고 그 너머까지 돌아다니시면서 물건을 파세요. 겨울 중 가장 추운 시기에는 집에서 지내시는데, 그때 말고는 거의 안 계세요. 그래도 아빠가 집에 있을 땐 아, 정말 좋아요. 책도 읽어 주시고 이야기도 해 주시고, 아침엔 우유도 아빠가 짜 주시니까 우린 늦게까지 안 일어나도 돼요."

그렛이 자신의 찻잔에 차를 좀 더 따르면서 말했다.

"그런 대가족으로 사는 것도 참 괜찮을 것 같다. 하루 종일 같이 놀 사람이 있잖아."

"전 애들하고 놀아야 하는 게 아니라 애들을 돌봐야 하는 거예요. 동생이 한두 명 정도였다면 지금보다 잘할 수 있었을 것 같은데."

헨은 한숨을 쉬며 말했다.

"제가 맏이가 아니라 막내였으면 얼마나 좋았을까요? 전 막내였으면 만날 쏘다니고 나머지 애들이랑 용 때리기 놀이 하며 놀았을 거예요. 하지만 현실은 만날 뱅뱅 돌면서 동생들 잡으러 다니느라 용쓰고 있죠. 전 정말 애들을 잘 못 돌보나 봐요. 정말 잘하려고 노력하거든요. 그런데 안 돼요. 동생들은 만날 저한테서 도망만 쳐요."

"그 동생들은 지금 다 어디 있는데? 집에?"

그렛이 물었다.

얼굴에 걱정이 드리우더니 헨은 손거스러미를 뜯기 시작했다.

"그리넌 외곽에 있는 캠프에 있을 거예요, 아마도. 그리로 같이 가는 도중에 헤어졌거든요. 그러고 나서 이렇게 저희 둘이 만났어요."

헨은 고개로 이자벨을 가리켰다.

"어쩌면 제가 애들을 일부러 도망가게 놔뒀다는 생각이 들어요. 그 길을 혼자서 마음대로 여행해 보면 얼마나 좋을까, 하는 생각을 했거든요."

헨은 동생들이 걱정스러웠을지언정 말로는 표현하지 않았다. 이제 이자벨은 이런 생각이 들었다. 그 마녀가 바로 지금 식탁 맞은편에 앉아 있다는 사실을 알면 헨의 걱정은 더해질까, 덜어질까? 아무래도 모르는 게 나을 것 같았다. 마녀를 만나면 두 손으로 목을 졸라 죽여 버리겠다던 헨의 말이 생각나 이자벨은 오싹해졌다. 헨이 무슨 짓을 할지 어찌 알까?

하지만 마찬가지로, 그렛이 두 아이에 대해 무슨 계획을 품고 있는지는 어찌 알까?

어쩌면 이제 떠날 때인지도 모르겠다고 이자벨은 생각했다.

모두를 위해서.

"헨, 우리 곧 떠나야 할까?"

이자벨은 부엌에 있는 그렛이 들을 수 없는 작은 목소리로 헨에게 말했다. 골든씰의 경이로운 효능에 대해 아직도 끊임없이 설명 중이던 헨이 뚝 멈췄다.

"아니, 왜? 그렛은 우리가 여기 있는 거 좋아하고 난 갈 데도 없는데. 그리고 이자벨도 갈 데 없는 건 마찬가지 아니야?"

일리가 있는 말이었다. 이 집을 떠나면 이자벨은 어디로 가나? 이자벨은 벌써 목적지에 도착했는데. 사실이 그랬다. 이자벨은 마녀를 만날 셈으로 출발한 길이었고, 이제 마녀를 만난 것이 분명하니까. 솔직히 마녀로서 실망스러운 마녀지만 말이다. 이리 보고 저리 봐도 무서운 구석이라고는 없고 피부에서 사악한 연기 한 줄기 피어오르지 않는 마녀. 집에는 환한 햇살과 약이 되는 식물들을 가득히 채워 놓고 사는, 전혀 마녀 같지 않지만 어쨌든 마녀인 마녀.

"그래도 때를 봐서 언젠가는 가야 하겠지?"

이자벨이 묻자 헨은 대답했다.

"그거야 그렇지. 그래도 마녀가 우리 마을에 오는 지금은 못 가. 여기 있는 게 안전해. 너무 오래 있어서 폐 끼치는 것 같을 때, 그때 떠나자."

하지만 이곳이 안전할까? 이자벨은 알 수 없었다. 이곳이 헨에게 안전할까? 그렛에게는 안전할까? 그날 이자벨은 종일 집 주변을 기웃기웃 살피고 마당을 살금살금 돌아다녔다. 올려다보고 내려다보고 사방을 돌아보고, 눈을 크게 뜨고 기다렸다. 무언가가…… 어쩌기를? 훅, 튀어나오기를? 덫으로 이자벨을 낚아채기를? 짜잔, 모습을 드러내기를? 아, 말로만 듣던 뼈 더미가 여기 있네.

그날 밤도 저녁을 먹은 후, 그렛이 발코니에서 책을 읽어 주기로 했다. 그렛은 책장에서 얇은 책 하나를 꺼내 쌓인 먼지를 불었다. 그렛은 가운데 흔들의자에 앉았고 한쪽에 행복한 얼굴로 헨이, 또 한쪽에 걱정스러운 얼굴로 이자벨이 앉았다.

그렛은 읽기 시작했다.

"오래전 옛날, 숲 속에서 한 여자가 남편과 아이와 함께 살고 있었다. 그들은 아주 행복했다."

부러진 뼈를 잘 붙게 하고
감염을 막아 준다.

23

하지만 그러다 남편이 죽었다.

여자는 자신과 아이의 생계를 꾸리기 위해 숲 속에서 버섯, 식물 뿌리, 약초 등 마을 사람들에게 팔 만한 것들을 캐러 다녔다. 마을 사람들은 여자가 파는 것을 사기는 했지만 여자를 집 안으로 따뜻하게 맞이하지는 않았다. 여자와 남편은 다른 곳에서 이 숲으로 이사를 온 사람들이었다. 외지인, 환영받지 못한 사람들. 남편이 세상을 떠난 후 여자에 대한 사람들의 눈길은 더욱 냉랭해졌다. 간혹, 인정 있는 주민이 여자와 아기가 굶지 않기를 바라며 뒷문 앞에 사과나 감자 한 바구니를, 빵 한두 덩이를 놓고 가기도 했지만.

그래서 이야기의 발단은 무엇일까? 내가 보기엔, 숲 속에 혼자 사는 여자를 사람들이 언제나 수상쩍게 여긴다는 점이다.

그러니 마을 아이들이 몰래 여자를 훔쳐보고, 여자의 아기에 대해 이마에 뿔이 났다느니, 혀가 두 갈래라느니 하는 말 안 되는 말들을 퍼뜨린 것도 어쩌면 당연했다.

그 여자는 특별한 능력들을 타고났다. 아주 어린아이일 때부터 소개하지 않아도 사람들의 이름을 알았고, 사람들의 마음속이 보이고 사연이 들렸다. 또, 손을 갖다 대서 상처를 낫게 하는 능력이 있었고 종이 위 글자나 그림을 움직이게 할 수 있었다. 어린 시절부터 부모는 딸아이를 안전하게 지키기 위해 여러 번 이사를 다녔다. 아이의 특별한 능력에 대해 알게 되면 사람들은 언제나 그 어린 소녀에 대해 끔찍한 소문을 퍼뜨리고 지독한 이름들을 붙이고, 화형에 처해야 한다느니, 악마를 쫓아버려야 한다느니 수군거렸기 때문이다. 하지만 아이는 잠을 자다가도 머릿속으로 사람들의 그 수군거림을 들을 수 있었고, 그래서 언제나 제때 도망을 칠 수 있었다.

삶이 영원히 바뀌어 버리던 그날 밤, 여자는 나무들이 속삭이는 소리를 들었다. 하지만 그날 밤 밝게 빛나는 보름달 탓에 잎들은 어수선했다. 나무의 말들은 뒤얽혀 알아들을 수가 없었다. 나무들이 무슨 말을 한 거지? 여자는 그냥 저녁 집안일을 했다. 무겁고 답답한 기분이 들었지만, 어쩔 수 없었다.

집 한쪽 벽에 돌멩이 부딪히는 소리를 듣고 여자는 마당으로 뛰어나갔다. 마당에 있던 여자의 아기는 이미 멍으로 물들어 있었고 이마에서는 한 줄기 피가 흘러내리고 있었다. 여자는 아기를 안고 집 안으로 뛰었고 곧 다시 집 밖으로 달려 나와 삐죽삐죽한 돌덩이를 손에 쥐었다. 하지만 이미 마당에는 아무도 없었다.

그리고 다시 집 안으로 들어가 보니, 아기도 사라지고 없었다.

"정말로 아이를 죽인 적 있어요?"
헨이 집 안으로 자러 들어간 후, 이자벨은 물었다.
"딱 한 명 있어."
그렛은 대답했다.

25

"뭐 이런 기분 나쁜 이야기가 다 있어요?"

이야기가 거의 끝났다고 생각한 헨이 외쳤다.

"그래도 그 아기 다시 찾죠?"

그렛은 고개를 저었다.

"아기는 영영 없어졌어. 어떻게 되는지 계속 한번 들어 봐."

그렛은 다시 책을 들고 읽어 나갔다.

"그리고 여자는 요정들이 아이를 체인질링으로 데려갔다는 것을 알았다. 아이가 다른 세계로 보내지리라는 것을. 그리고 어쩌면, 아마도, 다시는 볼 수 없으리란 것을."

헨은 얼굴이 붉어졌다.

"체인질링이라고요? 원래는 신생아만 체인질링으로 데려가는데! 그리고 그 아기를 데려갔으면 대신 데려다 놓고 간 건 누구였어요?"

"쪽지를 두고 갔대. 여기 나와 있네."

그렛이 손가락으로 페이지를 훑어 내려가다 한 부분을 읽었다.

"쪽지엔 이렇게 적혀 있었다. '여기선 어떤 아기도 안전할 수가 없겠다. 그래서 우린 이 집에 다른 아기를 두고 가지 않는다.'"

"이 책은 정말 쓰레기더미에 처박아 버려야 될 이야기예요!"

헨은 분개한 듯 일어나 그렛에게 손을 뻗었다.

"원하시면 제가 갖다 버릴게요."

그렛은 헨에게 책을 건넸다. 그리고 한숨을 쉬며 말했다.

"그래, 그러네. 다시 읽을 만한 이야기는 못 되는 것 같다."

이자벨은 그렛을 빤히 쳐다보았다. 저 말은 물론 진심일 리가 없어. 그렛은 지금 헨을 달래려고 그렇게 말한 것뿐이야. 어떻게 이 이야기가 다시 읽을 가치가 없지? 그렛의 이야기란 것을 이자벨은 알고 있는데. 그리고 무엇보다……

26

"그 다음 날, 집 밖 숲 속에서 어느 아이가 웃는 소리가 들렸어."

그렛은 이자벨에게 이야기했다.

"그때 내 머릿속 생각이, 실제로 그 아이 머리 위에 무거운 나뭇가지를 떨어뜨리고 말았어."

27

…… 그리고 무엇보다, 이자벨 자신의 이야기이기도 한 것을 알고 있는데.

28

 가끔 난 원한다고 믿어 왔던 것을 결국 얻게 된 사람들에 대해 생각해 본다. 복권 당첨자. 스타 아역 배우. 사람들은 누구나 꿈 같은 것을 품고 산다. 이루어지지 않을 줄 알면서도. 다만 가끔, 백만 년에 한 번쯤 꿈이 실제로 이루어지는 일들이 있다.

 하지만 신문에서 몇 달에 한 번꼴로는 마주하는 단골 기사들. 돈 때문에 결국 인생을 망치고 말았다는 복권 당첨자의 이야기. 모든 것을 가져도 행복만은 가지지 못했다는 젊은 여자 배우의 고백.

 꿈이 이루어지는 데 무슨 문제가 있는 것일까? 옳지 않은 것을 원해서 그렇게 되는 걸까? 아니면 꿈의 실현이란 원래가 세상에 있을 수 없는 일이라서? 적어도 우리가 그리는 모습 그대로는? 그 복권 당첨자는 돈으로는 모든 것을, 특히나 사랑은 살 수 없었노라 하고, 그 배우는 모든 사람들이 늘 자신을 바라보고 만지려 하고 참치 샌드위치처럼 삼키고 싶어 하는 삶은, 대중들 생각처럼 그리 동경할 만한 것이 아니라 한다.

그렇담 체인질링의 경우는 어떨까? 예를 들어, 스스로가 체인질링이라는 것을 언제나 알고 있는, 내내 느끼는 경우에 말이다. 어이, 거기 당신 얘기다. 침대에 누워서 트위즐러 먹으며 충치 만들고 있는 당신. 그리고 저기, 수학 과제 한다며 앉아 이 책 읽고 있는 당신. 내가 지금 무슨 이야기를 하는지를 당신이 안다는 걸 내가 안다는 걸 당신은 알고 있을 텐데. 당신의 마음속을 맞춰 볼까? 나를 반기는 진짜 집으로 내가 돌아간다면, 진짜 가족들의 품에 안길 수 있다면 그때 내 인생은 완벽해지리라. 일분일초 매 순간 사랑과 인정을 받으며 살아가리라. 초콜릿을 당기는 대로 얼마든지 먹어도 탈이 나지 않고 턱에 눈곱만한 뾰루지 하나 올라오지 않으리라.

하지만 현실은 현실. 말하자면 완벽할 수 없는 것, 심지어 일이 뜻대로 풀리는 경우에도 어딘가 내 바람과 어긋나는 것이 현실 아니던가? 아, 물론 뜻대로 풀리는 경우 자체가 드물지만. 큰 상을 타는 일도, 예쁜 여자애나 잘생긴 남자애가 날 향해 웃어 주는 일도, 담임이 갑자기 생각지도 못했던 내 숨은 재능을 발굴해 주는 일도 없는 나날들. 우린 이런 소소한 절망에 익숙해진다. 앞으로도 비슷한 날들이 이어지겠거니 하면서. 하지만 그러면서도 마음 한구석에는 여전히 이런 기대를 품고 있다. 언젠가 꿈이 정말로 이루어진다면 내 인생, 마치 영화처럼 완벽하고 환히 빛나리라. 언제까지나, 영원히…… 아멘.

뭘 안다고 이런 소리를 하냐고? 전문가라도 납시었냐고? 경험에서 우러나오는 소리냐고?

맞다, 경험에서 우러나오는 소리.

29

헨이 자러 들어간 후, 이자벨과 그렛은 한동안 말이 없었다. 그러다 이자벨이 입을 열었다.

"쓰레기통 뒤져서 그 책 찾아올까요?"

"그러지 않아도 돼. 우리가 이렇게 이야기하고 있는 동안에도 저절로 다시 쓰이고 있거든. 남향 창가에 있는 책장 곁으로 가 봐. 글씨 휘갈겨 쓰는 소리가 들릴 거야. 나도 몇 번이나 그 책 버려 없애려고 해 봤어. 태운 적도 있는걸. 그런데 그러고 나서 새에 관한 책이나 장미나무에 관한 책인 줄 알고 뽑아 펼치면, 또 그 이야기가 담겨 있는 거야. 게다가 내가 읽지 않으면, 결국 온 책장들이 그 이야기가 담긴 책으로만 가득 채워져 버려. 그러니 책을 폈을 때 그 이야기가 나오면 난 읽어. 그러고 나면 한동안은 귀찮을 일이 없으니까."

이자벨은 마당을 바라보았다. 이자벨의 시선이 가 앉은 곳은 지금 막 노란 꽃, 아마도 개나리가 피어나고 있는 덤불이었다. 가지에서 솟아난 명랑한 꽃봉오리들이 참도 환해서 저물어 가는 저녁 햇빛 속에서도 잘 보였다. 저절로 다시 쓰이는 책이라. 이자벨은 생각에 잠겼다. 다시 쓰일 때마다 단어 하나하나가 그대로일까? 아니면 권마다 조금씩 변화가 있을까? 어느 권에서는 아기가 옅은 레몬색 담요에 싸여 있다가 어느 권에서는 라벤더색 담요에 싸여 있다든지? 가끔씩은 남자아기였다가 또 여자아기였다가? 그 아기는 항상 이자벨일까?

그렛은 의자에서 일어나 발코니 난간에 살며시 몸을 기댔다. 난간 격자를 타고 올라오는 분홍 덩굴장미 내음을 맡는 것 같았다.

"아기가 사라졌을 때, 난 그리넌 외곽에 살고 있었어."

이자벨은 등받이에서 등을 떼고 몸을 앞으로 내밀었다.

"정말 요정들이 데려간 거죠?"

"줄곧 그렇게 생각해 왔지."

그렛이 이자벨을 보았다. 찡그린 듯 미소 지은 듯 복잡한 표정으로.

"웃긴 건, 나는 한 번도 요정의 존재를 믿어 본 적이 없다는 거지. 지금도 꼭 믿는 것 같진 않아. 하지만 요정의 짓이 아니고

서야 아기가 어떻게 건너갔겠어?"

"건너가다니, 어디로요?"

"다른 세계. 네가 사는 세계로."

이자벨은 숨을 깊게 들이쉬었다.

"아, 알겠어요. 그러니까, 다른 세계로 건너갔을 거란 예상이 맞았다는 거죠? 그게 저니까요. 그 아기가 저니까요."

놀란 표정으로 한 걸음 물러나는 그렛.

"뭐? 너…… 그 아기가 너라고 생각하는 거니?"

"아…… 네. 그래서 제가 여기에 온 거 아니에요? 맞죠?"

하지만 갑자기 자신이 없어지는 이자벨.

"제가 체인질링이라서 온 거 아니에요? 그래서 제 진짜 집인 여기로 돌아온 거 아니에요?"

"네가? 네가 체인질링이라고? 이 녀석, 머릿속이 그 생각으로 가득 찼구나!"

그렛은 너털웃음을 웃으며 의자에 털썩 앉았다.

"넌 체인질링이 아니야. 해가 서쪽에서 뜬다고 해도 아니야."

이자벨은 발코니의 널찍한 널빤지를 내려다보았다. 신고 있는 빨간 부츠가 그러고 보니 며칠 동안 숲 속을 돌아다닌 흔적으로 긁히고 까져 있었다. 이자벨의 머릿속도 긁히고 까진 것 같았다. 내가 체인질링이 아니라고? 흔들 침대 속 아기가 내가 아니라고? 눈가에 굵은 눈물방울이 뭉쳤지만 이자벨은 황급히 눈을 깜빡여 흘려보내 버렸다. 지금까지 그렇게 확신했는데! 그래서 그 책 속 종이가 이자벨의 눈앞에 떨어진 것 아니었나? 그렛이 의도한 건 줄 알았는데, 아니었나? 그렛이 이자벨의 진짜 엄마임을 알려 주려고, 그래서 저 위, 그곳이 어디건 이자벨이 지금까지 살았던 그 세계의 엄마는 이자벨이 진짜 집으로 돌아올 때까지 잠시 동안만 함께한 엄마라는 것을 알려 주려고 한 것 아니었나?

엄마⋯⋯. 그렛의 집에서 지내는 동안 이자벨은 집에 있는 '엄마' 생각을 거의 안 했다. 갑자기 좁고 긴 부엌을 서성거리는 엄마의 모습이 떠올랐다. 엄마가 늘 손목시계 밑에 매어 두는 손수건을 초조하게 잡아당기는 모습, 혹시 마당에서 이자벨의 목소리가 들려오나, 하고 창가에 멈춰 서는 모습도.

"그래, 이자벨. 네가 지금 떠올리고 있는 사람. 네 엄마가 그 아기야. 네 엄마가 바로 그 없어진 아기야."

"엄마가⋯⋯ 체인질링이라고요?"

이자벨은 입이 벌어졌다. 엄마가?

그렛은 발코니를 걸어와 이자벨 옆 흔들의자에 앉았다.

"생각해 봐, 이자벨. 50년 전에 사라진 아기인데, 그게 너일 수 있다고 생각해? 너 몇 살이지? 열두 살? 열세 살? 50년이란 세월하고는 아예 너무 차이가 나잖아."

"서로 다른 세계니까, 시간이 다르게 흘러갈 수도 있잖아요."

그다지 설득력 없는 변명을 하는 이자벨.

"시간은 시간이야. 멋대로 손댈 수 없어. 아, 물론 잠깐 정도는 가능해. 필요할 때 한두 주 정도는 건너뛸 수 있어. 하지만 몇 년씩? 그건 불가능하지."

이자벨은 어쩌면 시간 제 스스로가 그렇게 움직일 수도 있지 않겠느냐고 논쟁을 시작해 보려다 그만두었다. 그리고 한 말을 또 했다.

"우리 엄마가 체인질링이라고요?"

그렛은 고개를 끄덕였다. 이자벨은 흔들의자를 뒤로 최대한 굴려 고개를 젖혔다. 뒤집힌 고개로 세상이 뒤집혀 보였다. 뒤집힌 고개에서 나오는 목소리로 물었다.

"그럼 저는 체인질링 혼혈이겠네요?"

"뭐 그렇겠지. 그런 게 있다면야."

이자벨은 다시 바로 앉았다. 뇌가 빙글빙글 도는 것 같았다. 뱃속은 마치 놀이공원 롤러코스터를 타고 첫 급경사를 미끄러져 내려가는 순간처럼 울렁거렸다.

"엄마는 마법을 쓰는 능력이 있어요? 그러면 저한테도 유전됐을까요?"

"너희한테 유전되었을 마법 그다지 없어."

그렛은 어깨를 으쓱하며 말했다.

"난 우선 다친 데를 낫게 하는 능력이 있어. 사람의 마음을 읽을 수도 있고. 딱히 근사한 마법은 하나도 없어. 대단치 않은 능력이지만 어쨌든 내게 있는 만큼은 너희 엄마에게 물려주었을 거야. 너한테까지 갔는지는 모르겠지만."

이자벨은 엄마가 누군가의 마음을 읽거나 부러진 뼈를 붙였단 증거가 제 기억 속에 숨어 있지 않은지 머릿속을 헤집었다. 하지만 떠오르는 엄마의 모습이라고는 일하러 갈 준비를 하는 모습, 데운 팬에서 차르륵 버터가 녹는 동안 옆에서 양파를 써는 모습, 그저 평범한 중년 여자의 일들을 하는 평범한 중년 여자의 모습들뿐이었다.

"아마 마법을 쓰려면 자기에게 마법이 있다는 사실을 먼저 알아야 하는 것 같아요."

이자벨은 실망스런 기분으로 말했다.

"그럴 수도 있겠다."

그리고 잠시 조용하던 그렛이 물었다.

"그럼, 네 엄마 얘기 좀 해 줘. 어때? 나랑 닮았어?"

이자벨은 외할머니의 얼굴을 — 외할머니의 얼굴을! — 저녁 어스름 속에서 찬찬히 뜯어보았다. 호기심으로 안달이 난 그 얼굴이 마치 크리스마스 선물로 무엇을 줄지 묻는 어린아이 같다.

"엄마 눈도 이렇게 파란 색이에요. 그런데 코는…… 엄마가 좀 더 납작하고 동글동글한 것 같아요."

그렛은 고개를 끄덕였다.

"우리 남편 코를 닮은 거야. 네 엄마 아기 때도 코 모양은 그랬어."

"엄마는 좋은 분이세요. 소리도 그렇게 많이 지르지 않고요. 또……"

"또?"

그렛이 몸을 앞으로 기울였다.

이자벨은 어깨를 으쓱했다.

"그냥 엄마예요. 매일 일하러 가시고, 저녁에 퇴근하면 저녁을 해 주세요. 토요일마다 장을 보러 가시고요."

"그래, 그렇겠지."

하지만 조금 실망스러운 것 같은 목소리였다.

"아, 내가 직접 볼 수 있다면 얼마나 좋을까? 대략 아는 것들은 알아. 그 아이가 다니는 곳이라든가. 하지만 내 눈으로 직접 그 아이를 볼 수만 있다면!"

"아, 맞다. 엄마 학교 때 수학 성적은 늘 최고였대요."

이자벨은 하나라도 더 말해 줄 것이 생각나 다행스러웠다.

"그리고…… 엄마는 웃는 얼굴이 예뻐요."

그 말에 웃음을 짓는 그렛의 얼굴에서 이자벨은 엄마의 얼굴을 보았다. 체인질링인 엄마의 얼굴. 그 밤, 잠자리에 누운 이자벨은 상상력을 이리저리로 비틀어 마법을 지닌 엄마, 요정들이 다른 세계로 데려간 아기였던 엄마를 그려 보려 애썼다. 세상에 엄마가! 우리 엄마가 요정들이 데려간 아기였다니! 도저히 믿을 수 없을 것 같은 사실이었지만, 이자벨은 사실로 받아들이려고 애썼다. 모든 것을 바꾸어 놓는 사실이다! 엄마의 안에 마법의 능력이 잠자고 있었다는 사실을 엄마 본인에게 말해 주고 나면, 둘이서 ― 마법을 쓰는 엄마와, 그 마법을 반은 물려받았을 딸이 ― 그 어떤 일을 가능케 할지 그 누가 알 수 있을까?

여기까지 생각하다 이자벨은 의문이 한 가지 떠올랐다. 아니, 두 가지.

도대체 어떻게, 이자벨은 집으로 돌아갈 수 있을까? (돌아갈 수 있기는 할까?)

그리고 애초에, 이자벨은 여기에 왜 온 걸까?

30

다음 날 아침, 일어나 부엌으로 간 이자벨은 잠이 깨지 않아 흐린 눈으로 뒷문 옆에 배낭이 기대어 놓인 것을 보았다. 그렛은 불 앞에 서서 냄비 속 무언가를 젓고 있었다.

"그래서 넌 오늘 떠날 거야."

그렛이 이자벨을 돌아보지도 않고 말했다. 마치 대화를 시작하는 것이 아니라, 하던 대화를 잇는 것처럼.

"그리넌 북쪽에 있는 캠프로 갈 거야."

"제가요?"

이자벨은 눈을 비볐다. 이자벨이 놓치고 못 들은 얘기가 있나?

"저 쫓아내시는 거예요, 지금?"

그렛은 어깨 너머로 이자벨을 한 번 쳐다보았다.

"쫓아내는 게 아니라, 임무를 주는 거야. 널 여기로 데려오는데는 성공을 했으니, 이제 너한테 해 달라고 부탁할 일이 있어."

의자에 발이 걸려 넘어질 뻔한 이자벨, 그 의자를 잡고 앉았다.

"네? 절 여기로 데려오는 데 성공을 했다니요?"

"말 그대로. 네가 그 문을 열도록 유도한 게 나야. 전혀 어려운 일이 아니더라. 넌 준비가 돼 있었으니까."

그렛은 냄비에 뚜껑을 덮었고 젓고 있던 숟가락은 불 옆 행주 위에 올려놓았다.

"네 엄마도 집으로 데려오려고 아주 오랫동안 애를 써 봤지만 실패했어. 네 엄마가 아주 어렸을 땐데도 전혀 통하지 않았어."

이자벨은 이해가 되지 않았다.

"왜요? 엄마는 고아원에서 자랐어요. 엄마가 왜 집에 오고 싶어 하지 않아요?"

"왜냐하면, 집이 있다는 걸 몰랐으니까. 그리고 상상력이라는 문제도 있었지."

그렛은 이자벨에게로 뒤돌아서서 손가락으로 이자벨의 머리를 톡톡 두드렸다.

"실제로 눈앞에 없는 것을 보면서 그게 현실이기를 바라는 능력. 문손잡이를 잡고 그 문 너머에 전혀 있을 법하지 않은 뭔가가 있을 거라고 믿는 사람만이 이리로 올 수 있어. 네 엄마는 한 번도 그런 상상을 하지 않았어."

그렛은 조리대에 놓여 있던 잔가지와 잎사귀들을 손으로 털고 다듬기 시작했다.

"맨 처음에 네 엄마를 찾는 데 몇 년이나 걸렸는지 몰라. 눈을 감고 네 엄마가 있을 것 같은 그 세계를 이리저리 찾아 헤맸어. 그러다 찾았지. 네 엄마를 느낄 수가 있었거든. 어떤 건지 감이 오니? 그리고 얼마 후부턴 네 엄마의 생각이 들리기 시작했어. 처음엔 단어 몇 마디로 툭툭 전해져 왔어. 아기들 하는 말처럼. '불, 뜨거워!'라든지, '개, 물어!'라든지. 그리고 점점 복잡한 생각들로 자라났지. 그러다 네 엄마가 열 살쯤이던 어느 날, 고아원의 보건 교사가 네 엄마에게 주소를 외라고 시킨 거야. 그래서 네 엄마가 정확히 어디에 살고 있는지를 알 수 있게 됐어. 하지만 말짱 쓸모가 없다는 걸 또 알게 됐지. 네 엄마는 겁이 많았던 거야. 어둠을 무서워했고 다른 아이들을 무서워했어. 내가 생각을 읽을 수는 있었지만 그렇다고 그 마음속에 들어가 이건 이렇다, 저건 저렇다, 설명해 주는 건 불가능했고."

그렛은 다듬어진 잎과 가지들을 싱크대 속에 놓고 앞치마에 손을 닦았다.

"간단히 말하자면, 너희 엄마는 어느 문손잡이에 손을 얹고 '이 문 너머 다른 세계가 있어서 그리로 빠져 들어갔으면 좋겠다.' 하는 상상을 하는 아이는 아니었던 거야. 그러니까 내가 아무리 노력해도 네 엄마는 그 문들 중 하나에도 다가가지 않았지."

이자벨은 눈을 깜빡였다. 또 한 번 깜빡였다.

"문…… 들이요? 문이 한 개가 아니에요?"

"그럼, 한 개뿐인 줄 알았어? 문은 온 천지에 수두룩해. 그 문을 찾고 싶어 하는 아이들은 찾아. 찾고 싶어 하지 않는 아이들은 찾지 않고. 네 엄마는 찾고 싶어 하지 않았어. 그렇지만……"

"전 찾고 싶었어요."

"알아. 네가 태어난 순간부터 알았어."

이자벨은 조리대로 가 도마 위에 놓여 있는 빵을 한 덩이 뜯었다.

"그러니까, 엄마 대신 저를 데려오셨고 이젠 저를 보내신다는 거네요."

그때 그렛이 마치 비밀을 하나 알려 주려는 것처럼 이자벨에게 바짝 다가섰다.

"네가 캠프로 가서 아이들한테 내 이야기를 해 줘. 내가 마녀가 아니라고…… 마녀는 없다고."

"누가 마녀가 아니라고요?"

헨이었다. 문 앞에서 말린 뿌리 한 다발을 안은 채 눈을 커다랗게 뜨고 서 있었다.

"그렛이 마녀가 아니라니 그게 무슨 말이에요? 누가 그렛더러 마녀라고 했어요?"

"헨, 너 밖에 있는 줄 알았는데."

그렛이 애써 침착한 목소리로 말했다.

"그렛이 마녀가 아니라는 말이 무슨 말이냐고요?"

헨이 떨리는 목소리로 다시 물었다.

그런데 이자벨은 헷갈렸다.

"잠시만요. 저는 마녀 맞는 줄 알았는데요. 물론 사악한 마녀라든가 뭐, 그런 건 절대 아니지만 마녀는 마녀라고 생각했어요."

그러자 이자벨에게 날카로운 눈빛을 날리는 그렛.

"너, 가서 그렇게 얘기하면 안 돼. 난 마녀가 아니야. 몇 가지 능력은 있어. 하지만 나쁜 목적으로 쓰지 않아. 그나마도 제멋대로 발휘되는 때가 많고. 내가 의지대로 능력을 쓴 건 얼마 안 돼. 그중에 하나가……"

"뭔데요? 언젠데요?"

이자벨이 열렬히 물었다.

"널 여기로 데려온 거야. 네가 나를 도울 수 있을 만큼 클 때까지 여러 해를 기다렸어."

헨이 두 눈이 번뜩였다.

"아기를 죽이는 마녀가 없다면, 그럼 그 아이들은 대체 누가 죽였다는 거죠?"

그렛은 괴로운 듯 고개를 저으며 외쳤다.

"아무도 죽이지 않았어! 아이는 한 명도 죽지 않았어!"

그리고 그렛은 멈추었다. 그리고 고쳐 말했다.

"한 명만 죽었어."

(이제 그렛은 헨과 이자벨에게 그 이야기를 들려주었다. 아기가 사라진 다음 날 숲 속에 나타났던 남자애의 이야기. 그렛이 지닌 마법의 힘이 마치 발이 달린 듯 제멋대로 풀려나가 그 남자아이의 머리 위에 굵은 나뭇가지를 떨어뜨린 이야기. 그렛이 아이에게 피하라고 소리를 질렀지만 아이는 그 자리에 얼어붙어 있다가 떨어지는 나뭇가지의 무게에 쓰러져 결국 돌처럼 꿈쩍도 하지 않은 이야기.)

그렛은 두 아이를 마주 보았다.

"내가 만약 그때 나섰다면, 그 아이의 시신을 품에 앉고 숲 밖으로 나가 사람들 앞에 섰다면, 나는 아마 그 자리에서 죽었을 거야. 그래서 도망쳤어. 수년 동안 도망을 치며 살다가, 마침내 이곳에 머무르며 살게 된 거야. 나를 아는 사람, 전에 내 얼굴을 알았던 사람이 아무도 없는 곳이니까."

이자벨은 물었다.

"이 부근에 사는 사람들은 그럼 아무것도 몰라요? 그렛이 누구인지 모르는 거예요?"

"내가 치유사 그렛이란 건 알고 있지."

그렛은 한숨을 쉬고 말을 이었다.

"하지만 네 질문은 그게 아니지? 내가 마녀인 것을 사람들이 알고 있냐고? 사람들이 이야기하는 '그 마녀'라는 걸? 물론 몰라. 만약 알았다면 난 이미 땅속의 시체일 거야."

이자벨은 그렛의 손목을 잡았다.

"사람들에게 말하세요! 안 그럼 사람들은 영원히 그렇게 믿을 거예요!"

"내가 지금 무슨 이야기를 하고 있다고 생각하니, 이자벨?"

그렛은 웃어야 할지 울어야 할지 몰라하는 표정이 되었다.

"말해야 한다는 것 나도 알지, 물론. 바로 그래서 네가 여기 온 건데. 네가 그걸 사람들에게 말해 줘. 나한테 그 일을 믿고 맡길 수 있는 사람은 너뿐이야. 내 딸의 딸인 너. 네가 말하지 않으면, 그래, 네 말대로 영원히 이렇게 계속될 거야. 사람들은 숲 속에 자기들의 아기를 잡아먹는 마녀가 있다고 믿으며 살아가겠지. 세대가 바뀔 때마다 더욱 끔찍한 이야기로 변해 전해 내려가면서."

이자벨은 깊게 숨을 들이쉬었다. 단지 나서서 진실을 말하는 것만으로도 사람들이 더는 두려워하지 않고 도망치지 않는 삶을 살 수 있다면, 그렇다면 마땅히 그렇게 해야……

"당신은 높디 높은 나무 꼭대기에 매달려 고통받아야 마땅해요."

헨이었다. 여전히 말린 뿌리들을 손에 꽉 쥔 채 부엌 한가운데 서 있었다.

"지금까지 편하게 잘 살아왔겠죠. 여기서 약이나 만들고 차나 만들면서. 우리들은 그동안 잡히면 죽는다는 공포로 숲 속으로 도망치며 살아왔어요. 어떻게 나서서 말하지 않을 수가 있어요? 자기만 도망가서 숨어 살면 다예요?"

그렛은 잠시 돌처럼 차가운 눈빛으로 허공을 바라보았다. 그리고 대답했다.

"아픈 사람들을 돕는 걸로 내가 한 잘못을 조금은 갚을 수 있길 바랐어. 그 방법으로 밖에는 할 수 없었어. 왜냐하면……"

그리고 그렛은 헨을 향해 정면으로 몸을 돌리고 헨의 눈을 똑바로 바라보았다.

"난 죽기 싫었으니까. 단 한 순간도 죽고 싶다는 생각은 들지 않았으니까. 내가 의도하지 않게 일어난 일 때문에 목숨을 잃기가 싫었어. 이해할 수 없겠니, 헨?"

헨이 들고 있던 말린 뿌리들이 바닥에 던져져 산산이 흩어졌다.

"그럼 이해해 드릴게요."

헨은 으르렁거리듯 이렇게 내뱉고는 이자벨을 앞을 지나 뒷문으로 휙 내달렸다.

"하지만 절대로, 절대로 용서는 안 해요!"

쾅 하고 문이 닫혔다. 그렛은 식탁 앞에 앉고 이자벨을 올려다보았다.

"해 줄 거지, 이자벨? 아이들한테 이야기해 줄 거지?"

이자벨은 침을 꿀꺽 삼켰다. 그리고 고개를 끄덕였다.

"우선은 헨하고 먼저 이야기를 해야 할 것 같아요."

그렛은 손으로 이자벨의 얼굴을 어루만졌다.

"가, 가서 헨하고 이야기해 봐."

이자벨을 올려다보는 그렛의 눈이 빨갰다. 그렛은 마치 뭔가 더 하고 싶은 말이 있는 것처럼 입을 열었다가, 이렇게만 말했다.

"가, 어서."

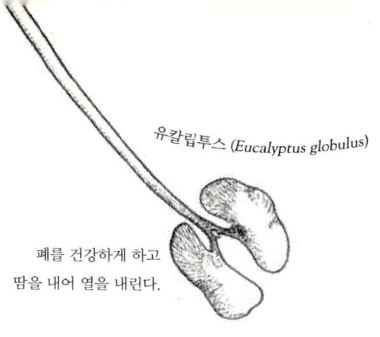

유칼립투스 (*Eucalyptus globulus*)

폐를 건강하게 하고 땀을 내어 열을 내린다.

31

헨이 이자벨의 뒤를 따라 북쪽으로 걸은 지 몇 시간쯤 되었을까? 그 몇 시간 내내 헨은 제 처지를 한탄하며 중얼중얼 화를 토해 냈다. 애초에 왜 동생들을 달아나게 내버려 뒀을까, 하고. 도대체 생각이 있었나 없었나, 하고. 엄마가 알게 되면 펄펄 화를 내시겠지, 하고. 그리고 그 모든 일들을 도대체 왜 벌였지? 뭘 위해? 끊임없이 헨은 나무에, 새들에, 허공에 물었다. 뭐하러? 그 살인자네 집에 가서 묘약 만드는 거나 도와주고 앉아 있으려고?

억양 없는 말투로 간간이 이렇게 조잘대는 이자벨.

"살인자 아닌데. 치유사인데."

그러자 이번엔 헨이 비꼬며 따라한다.

"치유사인데. 아, 치유사셔? 적어도 한 명은 죽였다고 인정한 것 같은데. 분명 더 있으면서 말을 안 한 거야. 뻔뻔한 거짓말쟁이가 그러고도 남지."

이자벨은 그저 고개를 젓고 한숨을 내쉴 수밖에 없었다. 한 번씩은 어이가 없어 눈을 뒤집기도 했다. 헨의 입장에서 생각해 보기도 했다. 분명 이자벨이 헨의 입장이었어도 화가 났을 것이다. 왜 아니겠는가? 오랜 시간을 두려워하고 또 두려워하며 살아온 헨이다. 마녀가 가까이 왔다는 소문이 돌면 집을 떠나 달아나야 했던 헨이다. 이 아이들은 도대체 얼마나 끔찍한 악몽을 꾸며 살아왔을까? 마녀가 나타나 아기들을 잡아먹는 꿈. 생각만으로 이자벨은 몸서리가 쳐졌다.

하지만 다른 한편으로 생각해 보면, 헨이 욕하고 있는 것은 바로 이자벨의 외할머니다. 예의라는 차원에서 생각해 봤을 때 헨은 선을 좀 많이 넘었다. 게다가 이자벨은 자신에게 외할머니가 있다는 사실이 점점 더 기쁘게 와 닿고 있는데, 솔직히 헨 때문에 김이 새고 있다.

"꼭 나 안 따라와도 돼."

걸은 지 세 시간쯤 되었을까? 이자벨은 뒤돌아서서 헨에게 말했다.

"너 꼭 이 길로 안 와도 될 거라고. 나랑 따로 갈 수 있는 다른 길이 있을 거야. 숲 속 지름길이라든지."

"허, 지름길? 어디로 가는 지름길? 트롤 마을? 아니면 괴물 소굴? 싫어. 난 이 길로 갈 거야. 어차피 목적지는 같으니까."

"알았다, 그래. 네 마음대로 해."

지금 헨이 뒤따라오며 투덜거리지만 않는다면 이자벨은 당장 생각해 보고 싶은 것들이 정말로 많았다. 우선은 엄마 생각. 엄마, 조금만 기다려! 가서 말해 줄 게 너무 많아! 이자벨은 엄마에게 잠재된 마법이 무엇이든 그 마법을 쓰게 하려면 우선 연습이 필요할 거란 생각이 들었다. 어쩌면 엄마와 그렛이 텔레파시로 소통하도록 해 줄 수도 있을까? 그러면 두 사람은 마음속으로 모녀간의 대화를 나눌 수 있을 것이고, 어쩌면 거기에 이자벨까지 끼어들 수 있을지도 모른다. 이자벨은 자신이 물려받은 마법의 능력이 무엇이건 간에 반드시 개발하리라 마음을 다잡았다. 물려받은 마법이 있긴 있겠지? 엄마와 둘이 도서관에 가서 책도 좀 찾아보고 인터넷도 뒤지면 둘이 지닌 마법을 사용할 수……

"여드름투성이 징그러운 도깨비 같은 게."

헨이 중얼거렸다.

…… 있을 테고 마음을 읽는 능력을 좀 더 발달시키는 훈련도 할 수 있을지 모른다. 그리고 저절로 다시 쓰이는 책! 그런 책을 만드는 법에 대해 이자벨은 정말 깊이 파고들어 보고 싶

었다. 학교 작문 과제를 하는 데에 그 기술을 응용할 수 있을 것 같았다. 우선 한 편의 글로 시작하는 것이다. '지금까지 내 삶에 가장 영향을 미친 사람은?' 같은 제목으로. 그리고 그 글을 이를테면 '이 세상을 바꾸기 위해 내가 하고 싶은 일' 따위의 글로 스스로 탈바꿈하게 하는 것이다. 그리고 다시 '세계 평화, 진정 가능한 일인가?'라는 글로. 아마도 그 기술만 알아내면 앞으로 단 한 편의 글로 남은 학창 시절을 버틸 수 있을 것도……

"코에 사마귀 주렁주렁한 짝눈 두꺼비 같은 인간."

헨은 계속 중얼거린다.

…… 같았다. 그렇다고 이자벨이 글쓰기를 싫어하는 것은 아니었다. 다만 학교에서 내주는 주제들에는 대체로 그다지 흥미가 생기지 않는 것뿐이었다. 하지만 언젠가 단 한 번이라도 '우리에게 조부모님의 의미는 무엇일까?'라는 주제를 받는다면 이자벨은 쓸 말이 산처럼 쏟아질 것이다. 그런데 누가 그 내용을 믿어 줄까? 일단 엄마가 믿는다면……

"돼지코에 귀 뻘건 하이에나 같은 인간."

헨은 계속 떠든다.

하지만 나중 일은 나중에. 우선은, 캠프 아이들의 반응이 걱정이다. 지금의 헨과 같을 거라고 미리 생각해 두는 게 안전할까? 어쩌면 그럴지도. 하지만 아이들이 이자벨의 말을 믿어만

준다면, 일은 끝나는 것이다. 아이들은 집으로 돌아가고, 다신 도망쳐 나오지 않고, 편안히 자라나고, 성인이 되어 가족을 이룰 수 있을 것이다. 얼마 지나지 않아 그렛에 대해서는 모두 잊어버리……

"막대기랑 돌로 쳐 죽일 괴물."

……지…… 않을지도 모르겠다. 그렛을 존경했고 한때나마 그렛을 좋아했던 헨이 지금 뒤에서 저렇게 씩씩거리며 막대기와 돌로 쳐 죽인다느니 하는 소리를 하고 있다면, 심지어 다른 아이들은? 어쩌면 이자벨이 보통 무거운 임무를 맡은 것이 아닌지도 모른다. 만약 캠프의 아이들이 그렛에게 돌을 던지는 정도가 아니라 더 심한 짓을 하고 싶어 한다면 어떡하나?

이자벨은 주머니 속을 더듬었다. 헨과 길을 떠나오기 전에 그렛은 이자벨을 잠시 불러 작은 주머니 하나를 건네주었다.

"상황이 좋지 않으면, 이게 도움이 될 거야. 바닥에 뿌리기만 하면 사람들이 침착해지고 누그러지거든."

이자벨은 고개를 한쪽으로 갸우뚱한 채 그렛을 쳐다보았다.

"이걸 뿌리기만 하면요? 아까 마녀 아니라고 하셨잖아요?"

"그래, 그랬어. 나 마녀 아니야."

이자벨에게 은근히 복장이 터지는 듯한 그렛.

"이건 깊은 숲에서 자라는 어느 버섯의 홀씨야. 검은 고양이

수염이라도 뽑아 넣었나, 하는 생각 같은 건 하지도 마."

그 주머니를 만지며 이자벨은 생각했다. 그렛 스스로가 인정한 것보다 그렛에게 좀 더 큰 마법의 힘이 있을 수는 없을까? 만약 그렇다면, 캠프의 아이들에게 주문을 걸어 달라고 하고 싶었다. 그래서 그 아이들을 살인보다는 포옹의 힘을 믿는, 평화를 사랑하는 행복한 히피12들로 바꾸어 놓게.

"아기를 죽이는 더러운 살인자."

됐다, 거기까지. 참는 데도 한계가 있다.

"어떤 아기? 아기 이름 하나만 대 봐."

뒤돌아선 이자벨은 두 손을 허리에 짚고 물었다.

"너희 마을에서 죽은 아기 한 명이라도 있어?"

헨은 잠시 생각하더니,

"코린에는 없어."

하고 인정했다.

"하지만 그리넌이나 드루마누에서 전해 오는 이야기들은 있어. 그리넌이랑 드루마누에서는 아기들이 많이 없어졌어."

"헨, 거 봐."

이제 이자벨은 주장을 펼치기로 했다. 헨과 다시 한편이 되길 바라며. 다시 친구로 돌아와 주길 바라며.

"아직도 모르겠어? 없어진 아기는 한 명도 없어. 잃은 아이는 단 한 명이었고, 그건 사고였어. 그것도 50년 전에 일어난 사고. 마녀는 없어, 헨. 세상에 마녀는 없다고!"

헨은 얼굴을 찌푸렸다.

"꼭 그 마녀가 아니라 해도 여전히 마녀일 수는 있잖아. 난 네가 마녀로 밝혀진대도 놀랄 일이 아니지 싶은데. 어디 다른 세계에서 뚝 떨어져 여기로 왔다며? 너희 '마녀 할머니'께서 부르셔서 왔다며?"

아무래도 다른 수가 필요했다. 왼쪽 어깨에 맨 배낭을 오른쪽 어깨로 옮겨 매며 이자벨은 다시 걷기 시작했다.

"우리, 아직 내가 사는 세계에 대해서는 별로 말 안 해 봤다. 그치, 헨? 왜 한 번도 그 생각은 들지 않았을까?"

이자벨은 마치 홈으로 소프트볼13을 던지듯 헨에게 질문을 던졌다.

"오늘 아침 전까지는 그쪽이 다른 세계에서 왔는지도 몰랐는데."

말은 차갑게 했지만 헨은 이자벨과 나란히 걸어가기 시작했다.

"물론 다른 데서 왔다는 건 알고 있었지만 다섯 마을 너머 먼 지역일 거라고만 생각했지 구름 한가운데인지 어디인지, 그런 다른 데일 줄이야."

이자벨은 헨이 아주 조금이라도 비꼬는 말이나 냉랭하게 하는 말은 전부 못 들은 듯 넘어가기로 작정하고 대화를 이었다.

"난 우리 학교를 통해서 이곳에 왔어. 학교의 어느 문으로. 내가 어느 문을 열었는데 이곳으로 빠져들었어…… 그리넌에 있는 어느 학교로. 되게 희한하고 이상하고 말도 안 되는 이야기지? 나도 그렇게 생각해."

"그렇게 이상하진 않아."

헨이 중얼거렸다. 동시에 길가의 흙을 발로 툭 차면서.

"뭐라고?"

잘 안 들려 다시 묻는 이자벨.

"그렇게 이상하진 않다고."

헨이 좀 더 또렷하게 다시 말했다.

"들어 본 적 있어. 여기선 '떨어져 내려온 애들'이라고 불러. 그쪽이 처음은 아니야."

이자벨은 한숨을 내쉬고 이야기를 계속했다.

"어쨌든, 난 내가 그렇게…… 떨어져 내려온 게 정말 좋아. 사실 학교에서 난 아주 쬐끔은 외로웠거든. 하지만 여기 온 후로, 난 전혀 외롭지가 않았어. 너하고 그렛하고 함께 있으면……"

"그 마녀 이름 듣고 싶지 않아."

헨이 쏘아붙였다.

"그렛은 마녀가 아니……"

이자벨은 반박하려다, 그냥 그만두었다.

"그래, 알았어. 너하고 우리 할머니. 그렇게 함께 있으니까 참 좋았다고. 내가 다니던 학교에서는 좋은 애가 한 명도 없었어. 친구를 사귀려고 노력도 해 봤는데, 잘 되지 않았어. 이제와 생각해 보면 그게 다 내가 체인질링 혼혈이라서 그랬던 것 같……"

"쉿."

헨이 멈춰 서서 이자벨에게 입을 닫으라고 했다. 체인질링 혼혈 같은 게 어디 있냐는 반발이라 생각한 이자벨은 충분히 납득할 만한 주장을 펼칠 셈으로 뒤를 돌았다. 하지만 헨은 숲 속을 뚫어져라 노려보고 있었다. 이자벨의 입에서 굴러 나오는 소리는 모두 막겠다는 듯 한 손을 이자벨 쪽으로 펼쳐 든 채.

헨은 계속 좌우를 살피면서 이자벨에게 다가가 속삭였다.

"누가 뒤를 밟고 있어. 그쪽 할머니라는 마녀가 뒤따라 왔대도 놀랄 일은 아닐 것 같은데."

그리고 눈 깜짝할 사이에 헨은 바닥에서 돌멩이를 하나 집어 들어 숲 속으로 던졌다.

"다 보여, 이 늙은 여우야!"

하지만 수풀 뒤에서 '아얏' 하고 외치는 목소리는 늙은 여우라든지 어린 늑대라든지 아무튼 동물 쪽은 전혀 아니었다. 무엇보다 '치유사 그렛'의 목소리는 확실히 아니었고.

어느 남자아이 한 명이 숨어 있는 것 같았다.

아니, 잠깐.

두 명이.

에키네이셔 (Echinacea angustifolia)

감기를 낫게 하고
유행성 독감을 다스리고
감염을 물리친다.

32

수풀 뒤에서 걸어 나오는 빨간 머리 남자아이를 보자마자 이자벨은 손가락으로 가리키며 말했다.

"너, 새뮤얼이잖아. 그리넌에서 본."

그리고 키가 좀 더 큰 다른 아이를 가리켰다.

"그리고 넌 그 쥐 닮은 애. 네 이름은 그때 못 들었어."

그러자 그 쥐 닮은 애가 비웃음을 날리며 이자벨에게 응수했다.

"그리고 넌 그 마녀."

그리고는 새뮤얼에게 말했다.

"거 봐. 내가 뭐랬어? 쟤 물어보지도 않고 이름 알잖아. 마녀 맞아."

"쟤 원래 내 이름 알아. 그리고 쟤가 너 쥐 닮았대."

헨이 한 걸음 나서서 물었다.

"그리넌 사람이라면서 여기서 뭐 하고 있는 거지?"

쥐 닮은 아이는 붉어진 얼굴로 대답했다.

"네가 무슨 상관이지? 우리가 어디에 있건 그건 우리 마음이지."

그러자 새뮤얼이 이자벨 쪽으로 손짓하며 고쳐 대답했다.

"쟤 뒤를 좀 밟았거든. 그리넌에서부터 따라갔는데 너희 둘 코린까지 가더라."

"우리가 널 계속 지켜보고 있었다고, 이 마녀야."

쥐 닮은 녀석의 이 말을 새뮤얼이 또 정정했다.

"계속은 아니고, 처음 며칠 동안만 매일 그리로 가서 뭐하는지 좀 살폈어. 특별한 거 없던데 뭐. 내가 풀 캐는 일에 흥미가 있는 것도 아니고. 어쨌든 마녀는 계속 보이지 않길래, 이쪽 숲은 돌아다니기에 안전한가 보다 해서 오늘 나온 거야. 저쪽 수풀 뒤에 우리 낚시 장비도 있어."

캐묻지 않아도 알아서 술술 다 말해 주는 새뮤얼 녀석. 이자벨은 새뮤얼의 그 점이 마음에 들었다. 사실 이자벨은 새뮤얼에게 대체로 호감이 갔다. 그래서 사실, 캠프까지 동행한다면 어떨까 하는 생각마저 들었다. 이자벨의 마음에 든 아이라면 — 그전까지 이자벨의 마음에 든 남자애는 거의, 어쩌면 아무도 없었다. 저기 저 쥐 닮은 애도 확실히 아니었다 — 모두의 마음에 들지 모른다. 이자벨 곁에 호감 가는 사람들이 있다면, 아이들은 좀 더 귀를 기울일지도 모른다. 더 잘 믿어 줄지도 모른다. 마녀에 대한 소식을 날라 온 이자벨을 돌로 때려죽일 가능성이 낮아질지도 모른다.

이자벨은 제안했다.

"우린 그리넌 북쪽 캠프로 가고 있었어. 그런데 네가 좀 도와주면 고맙겠는데."

그리고 이자벨은 이 일에 대해 자세히 설명했다. 새뮤얼은 흥미로워하는 기색이 역력해 보였다. 아, 물론 믿어도 될까, 하는 마음도 약간, 두려움도 한 숟갈쯤, 혼돈도 한 줌 정도 섞여 있었지만 어쨌든 흥미로워하는 건 분명했다.

반면 쥐 닮은 아이는 바보처럼 피식거리고 어이없다는 표정을 지었다.

"그래서 네 할머니가 마녀가 아니라고? 너 속았어. 속인 거야."

이자벨은 무시하고 새뮤얼에게 말했다.

"이 사실을 빨리 알게 될수록 다들 더 빨리 예전 같은 삶으로 돌아갈 수 있어. 더는 마녀를 두려워하며 살 필요가 없는 거야."

그러자 새뮤얼이 말했다.

"믿는다면야 그렇지. 아이들이 믿을지 안 믿을지 모르잖아. 그런데 나는 믿어지는 것 같네. 그러니까 같이 갈게. 여기 퀸도 같이 갈 거야."

쥐 닮은 아이, 퀸이 제 친구의 얼굴을 빤히 보았다.

"쟤 말을 믿어? 마녀가 없다는 말을 믿는다고? 이렇게 간단하게?"

새뮤얼은 어깨를 으쓱했다.

"난 원래부터 마녀 그다지 안 믿었어. 뭐, 옛날엔 믿었었지. 그런데 최근에 계속 의문스럽다고 생각했어. 쟤가 말한 것처럼 말이야."

이자벨 쪽으로 고개를 까딱하는 새뮤얼.

"죽은 아기 중에 아는 아기 한 명이라도 있어? 항상 옆 마을 아기가 없어졌다는 식이고, 한 번도 우리 마을 아기인 적 있냐?"

"나는 캠프에 우리 동생들 데리러 가는 것뿐이야."

헨이 입장을 분명히 했다. 그리고 이자벨 쪽으로 고개를 까딱했다.

"저쪽은 아이들한테 마녀 이야기 얼마든지 하라고 그래. 나는 전혀 상관없는 일이야."

넷은 함께 북쪽으로 출발했고 뒤로 처진 이자벨은 생각했다. 헨은 왜 저렇게 고집불통일까? 그냥 함께하면 안 되나? 이제 그만 좀 받아들이고, 현실을 직시할 수 없나? 현실1, 아이를 잡아먹는 마녀는 없다. 현실2, 이건 좋은 소식이다. 이 좋은 소식을 헨은 왜 받아들이지 못할까? 그러면 둘은 다시 친구로 돌아갈 수 있다. 함께 캠프의 아이들에게 사실을 전하고, 헨의 여러 동생들도 집에 데려다 준 다음 그렛에게로 가 '이제 다 잘 됐어.' 하며 셋이 풀쩍풀쩍 기뻐할 수 있다.

훗, 쟤가 잘도 그러겠다, 싶어지는 이자벨.

아이들을 따라잡던 이자벨은 헨과 새뮤얼이 지금껏 가 본 캠프에 대해 추억하며 다정하게 이야기 나누는 모습에 조금, 아니 많이 짜증이 나기 시작했다. (헨은 이자벨에게 오늘 하루 종일 단 한마디도 온기 있게 말하지 않았다.)

새뮤얼이 헨에게 물었다.

"그러면 너는 그리넌 북쪽 캠프에 가 봤겠네? 우리 마을 근처 캠프니까 물론 마녀가 올 때는 그리로 안 가지만 다른 마을 아이들이 몰려올 땐 늘 몰래 숨어들어 가서 구경했어. 시냇물 위에 매달린 밧줄 타고 노는 애들."

"맞아. 그 밧줄은 진짜 재미있어. 도착하면 내 동생 제이콥은 분명 거기 매달려 있을 거야. 그리넌 캠프의 유일한 단점은 캠프 가장자리 숲이 무섭다는 거야. 밤 되면 꼭 그 속에서 지켜보는 눈동자가 있는 것 같아."

그러자 새뮤얼이 말했다.

"다른 캠프도 다 그래. 그리넌 캠프만 그런 게 아니야. 여기 다섯 마을에 사는 어느 애한테 물어보든 캠프 주변 숲 속에는 뭔가가 있는 것 같더라고 할걸. 우리 마을 애들은 아가독 캠프로 가는데 꼬맹이들은 어스름 내리기 시작하면 캠프파이어에서 한 발짝도 안 떨어지려고 해. 나도 어릴 땐 그랬어. 낮이든 밤이든 상관없이 하루 종일 으스스한 기분이었다고."

"그러면 사실은 마녀가 없으니까 이제 다들 좋겠네. 우리가 좋은 소식을 가져가는 거야."

뒤에서 끼어든 이자벨이었다.

헨은 새뮤얼을 보며 말했다. 이자벨을 완벽히 무시하며.

"그 이야기 할 때 신중하게 하는 게 좋을 거야. 낯선 사람들이 하는 말, 아이들이 잘 안 믿을 거야."

새뮤얼은 동의하며 고개를 끄덕였다.

"그래, 처음에는 여행자인 것처럼 행동하는 게 좋겠어. 그냥 묵을 곳을 찾는 사람들 행세를 하는 거지. 그리고 그 아이들하고 얼굴을 좀 익히면 그때 말하는 거야. 도착해서 하루 이틀 정도 지내다 보면 가장 효과적으로 말할 수 있는 방법을 파악할 수 있지 않을까?"

그러자 쥐 닮은 녀석이 말했다.

"그러면 애초에 왜 정체를 숨겼나 하고 의심스러워 할걸. 우리가 믿을 만한 사람들이 아니라고 여길 거야."

정말, 정말 쉽지 않았지만 이자벨은 — 비록 평화를 사랑한다 자부하는 이자벨이지만 사람에게는 한계가 있다 — 쥐 닮은 녀석을 한 대 세게 꼬집어 뜯고 싶은 마음을 다스렸다. 하지만 새뮤얼은 녀석의 의견을 진지하게 받아들이는 듯했다.

"걸으면서 같이 생각해 보자. 아마 캠프에 다다를 쯤 되면 확실히 답이 나지 않을까?"

하지만 캠프에 다다랐을 때 나타난 것은 답이 아니었다.

혼돈의 현장이었다.

33

아마 여름 캠프에 가 본 적이 있을 것이다. 쿰쿰한 흰곰팡이 냄새가 은근히 풍기던 아늑한 오두막집, 기억나나? 아침나절 손질이 잘된 들길을 따라 이런 활동(활쏘기!) 저런 활동(밧줄 꼬기!)을 하러 장소를 옮겨 다니던 기억은? 그 반짝반짝하던 호수와 왁자지껄 즐겁던 넓은 식당, 함께 구워 먹던 마시멜로와 다 같이 입 맞춰 부르던 노래를 어떻게 잊을 수 있겠나? 마이클, 이젠 보트를 물가로 저어 가야지. 이젠 가야 한다니까, 정말.

한 번도 캠프에 가 본 적이 없다 해도 이런 것들이 캠프 하면 떠오르는 상상 아닌가? 나도 그렇다. 캠프 하면 마음속에 떠오르는 단어, '목가', '뛰놀기', '한밤중에도 안 자고 키득키득 떠들기.' (안다, 이건 단어가 아니라 구절이란 거. 알아들었으면서 까칠하시긴.) 아, 자유로운 행복감이 떠오르지 않나?

이제는 눈을 감고 머릿속의 커다란 지우개를 들어 그 이미지들을 모두 지워 주길 바란다. 할 수 있겠나? 어떤 생각을 생각하지 말라고 하는 것은 그 생각에 집착하라는 말과 마찬가지 효과일 수 있다는 것 나도 알고 있지만(어떤 경우에도 분홍색 코끼리 생각은 금물. 머릿속에서 죽도록 사라지지 않는다!). 그래도 되는 데까지 지워 보길 바란다.

미안하지만 이 이야기에서 지금부터 살펴 볼 캠프란, 우리가 캠프 하면 떠올리는 저런 이미지들과는 아무런 관계가 없기 때문이다. 지금 보려는 캠프는 전혀 다른 종류다. 이 캠프에서 아이들은 어딘가에서 튀어나온 마녀가 자신들을 끌고 가 잡아먹을 거라는 공포에 하루 종일 시달리며 부모 없이 무사히 버티기 위해 애를 쓴다. 가장 어린 아이들은 끊임없이 배앓이를 한다. 이 정도는 절제된 묘사다.

가장 나은 상황을 기준으로 해도 화사한 행복의 이미지와는 거리가 먼 곳이었지만, 아이들로 가득 찬 캠프였기에 역시 어둡고 우울하기만 한 곳은 아니었다. 그리넌 캠프는 특히 아이들이 놀도록 개울가 나무에 매어 둔 밧줄 세 줄로 유명했다. 따뜻한 계절이면 아이들은 밧줄에 매달렸다가 꺅꺅 소리를 지르며 개울로 뛰어내렸다. 어린 동생들은 조심하라는 언니의 말을 듣지 않았고 가장 큰 남자아이들은 밧줄 꼭대기 근처까지 올라갈 수 있는 만큼 타고 올라가며 놀았다.

마녀의 시즌이 막 돌아와 아이들이 하나둘 캠프로 길을 떠나기 시작할 때였다. 처음에는 몇 명이 재잘재잘, 그러다 점점 수많은 아이들의 행렬이 수다와 소란을 떨며 웅성웅성 그리넌 캠프로 향했다. 그런데 이자벨이 코린 쪽으로 가다 처음으로 헨을 만나기 이틀 전, 래니라는 여자아이가 어지럽고 좀 찌뿌드드한 상태로 그리넌 캠프에 도착했다. 열한 살, 평소에 무척 건강했던 래니는 그날따라 컨디션이 왜 그런지 알 수가 없었다. 마녀가 주문을 걸었을까? 아니면 래니의 눈앞에 보이는 하얀 점들은 가슴속을 도는 두려움 때문에 생겨난 것일까?

아니. 원인은 마녀도 두려움도 아니었다. 래니가 캠프에 품고 온 것은 인플루엔자였다. 발걸음이 후들거려 넘어지지 않으려 나뭇가지를 붙들어야 했던 것도 그래서였다. 겨우 하루 만에 캠프 아이들 절반이 독감에 걸렸다. 나머지 절반의 아이들은 간호를 했다. 어떻게? 적신 수건을 머리에 얹어 주며. 끓인 개울물을 먹여 주며.

그런 처치만으로는 유행성 독감이 낫지 않는다는 것을 당신도 알고 나도 안다. 전혀 소용이 없었다. 독감으로 눕는 아이들은 매일 늘어 갔고 아이들을 간호하고 음식을 챙기고 모닥불을 지키는 아이들은 줄어 갔다.

그리고 어느 날 누군가가 왔다. 아직 총기가 남아 있던, 열과 추위로 몸을 뒤척이고 비틀고 있지 않던 아이들이 내내 해 온 기도가 드디어 이루어진 것이다. 일주일이 넘게 이 아이들은 누군가 와 주기를, 와서 구해 주기를 기다려 왔다.

그리고 지금, 마침내 그들이 왔다.

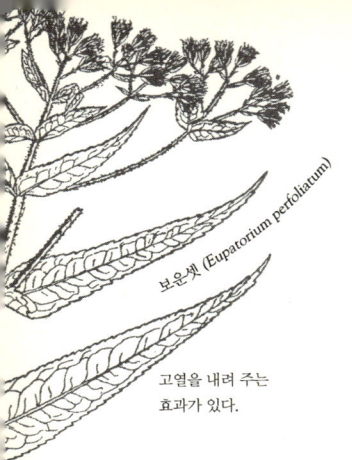
보은쎗 (Eupatorium perfoliatum)
고열을 내려 주는 효과가 있다.

34

이자벨은 캠프로 들어서기 전부터 느꼈다. 아니, 알았다. 어떻게인지 이자벨의 뼛속에 스며들어 온 작은 정보, '들어가서는 안 된다. 무언가가 잘못되어 있다.'

생쥐 녀석도 같은 생각이었다. 캠프가 차려진 빈터 근처에 다다르자 임시변통으로 만들어진 텐트가 이곳저곳에 보였지만 나와 있는 아이들은 한 명도 보이지 않았다. 녀석이 말했다.

"냄새가 이상해. 꼭 우리 세스 삼촌 돌아가셨을 때 나던 것 같은 냄새야. 열나는 냄새, 썩는 냄새."

헨은 얼굴이 하얘져 떨리는 목소리로 말했다.

"내 동생들이 저 안에 있어. 슈거랑 아르테미스랑 제이콥이랑 전부."

새뮤얼은 안심시키듯 헨의 어깨에 손을 짚으며 말했다.

"그럼 들어가자. 우선 네 동생들부터 찾아보고 이곳 상황을 파악하자고."

헨은 마치 추운 듯 손으로 팔을 문질렀다.

"응, 꼭 찾아야 해. 아, 동생들 머리카락 한 올이라도 제자리에 있지 않으면 엄마가 날 가만두지 않을 거야."

"병이 도는 거면?"

생쥐 녀석이 길을 막아서며 말했다.

"그렇다면 가까이 가서 좋을 게 뭐가 있어? 우리만 병 옮는 거야. 얘기 못 들어 봤어? 캠프에 열병 돌아서 아이들 여럿 죽은 이야기들. 우리가 죽으면 마녀가 없다는 이야기는 누가 할 건데?"

"그러니까 너 이제 마녀가 없다는 걸 믿는다는 거네? 마음이 바뀌었냐?"

새뮤얼의 물음에 생쥐 녀석은 어깨를 으쓱했다.

"두고 봐야 알 것 같네. 마녀가 있다는 쪽이든 없다는 쪽이든 증거가 부족하긴 마찬가지야. 그래도 확실한 건 이 캠프에서 뭔가가 잘못됐다는 거야."

그리고는 이자벨에게 물었다.

"너도 느끼지? 안 그래?"

이상한 점. 이자벨은 그걸 느끼기만 할 뿐 아니라, 듣고도 있었다. 말하자면 머릿속에서 어느 목소리가, 그리고 다른 목소리가, 또 다른 목소리가 들려왔다. 이자벨 자신의 것이 아닌 목소리들이 하나 둘 겹쳐오고 있었다……

아 너무 추워. 어, 저 검은 개가 물려고 해. 도망 가. 난 못 뛰겠어……

차가운 얼음 물 한 컵만, 엄마……

일어나 앉아야지. 일어나 앉아야지. 메이지 챙겨야 하는데. 딱 일 분만 있다가 일어나 앉을 거야……

…… 이자벨은 예전에 열이 나 아팠을 때가 떠올랐다. 하지만 지금 뒤죽박죽 울리고 있는 것은 자신의 목소리가 아니라 당장 도움이 필요한 것 같은 낯선 아이들의 목소리였다. 그리고 그 틈바구니에서 '도와야겠다'는 이자벨 자신의 생각이 들렸다.

하지만 발이 움직이지 않았다. 이 아이들을 도우러 들어가 병이 옮는 위험을 감수해야 할까? 죽을 수도 있는데? 그건 옳은 일일까? 죽으면 집에는 어떻게 돌아가나? 그렇게 되면 지금까지 이자벨에게 일어난 일들을 세상 누구도 알 수 없게 될까?

이때 머릿속 여러 목소리들을 제치고 하나의 목소리가 또렷하게 들려왔다. *도와줘.*

이상했다. 헨의 목소리였기 때문이다. 아니, 아니다. 마치 헨이 서너 살쯤이었을 때 목소리가 이랬을 것 같았다. 좀 더 작고 약해진 헨의 목소리.

슈거였다.

이자벨은 한숨을 쉬었다. 슈거가 죽게 모른 척할 순 없었다. 그럴 수 있을까? 가장 친한 친구의 여동생을? (비록 그 가장 친한 친구는 가장 친한 친구이기를 거부하지만.) 아니. 이자벨은 생쥐 녀석을 밀치고 캠프로 걸어 들어갔다.

"손만 잘 씻으면 옮지 않잖아."

이자벨이 이렇게 말하자 모두가 미친 사람 보듯 이자벨을 보았다. 왜들 이래? 세균이 뭔지 모르는 사람들처럼? 짜증스레 받아들이던 이자벨은 곧 깨달았다. 아, 정말로 모르는구나. 그래서 설명했다.

"아픈 대상을 만지고 나서 손을 씻으면 손에 묻은 병균이 씻겨 나가. 이건 내가 살던 세계에서 발견한 거야. 백 퍼센트 안전해지는 건 아니지만 많이 도움이 돼."

"하하, 그럼 뽕나무 돌면서 세 번 춤추고 나면 감기 절대 안 걸리겠다."

생쥐 녀석이 이렇게 나오자 이자벨은 내키지 않는 맞장구를 쳤다.

"그래, 말 안 되는 소리처럼 들린다는 건 알아. 하지만 이건 과학이야. 이건 너희가 그냥 내 말을 믿어 줘야 해."

새뮤얼이 의심스러운 표정으로 물었다.

"네가 어디서 왔다고 그랬지?"

이자벨은 애매하게 북쪽을 가리켰다.

"저 위에서. 거기서 우린 과학을 많이 발전시켰어. 백신도 개발하고."

"백신?"

새뮤얼이 흥미로운 듯 물었다.

이자벨은 갑자기 무척 똑똑해진 기분으로 고개를 끄덕였다.

"백신이란 건 병에 걸리지 않도록 예방하는 방법이야. 그리고 우리는 항생 물질도 개발했어. 아플 때 낫게 하는 물질. 하지만 우리가 해낸 가장 대단한 과학적 발견 중에 하나는 ― 여기서 이자벨은 '우리'라는 단어를 마치 자신이 그 연구팀의 일원이기라도 한 것처럼 말했다 ― 손을 씻으면 병에 걸리게 하는 원인을 어느 정도 제거할 수 있다는 사실이야. 병균들이 바로 하수구로 씻겨 내려가는 거지."

"맞네."

고개를 절레절레 흔드는 새뮤얼.

"그냥 널 믿는 수밖에 없다는 말이 맞는 것 같다고."

헨도 숨을 깊이 들이쉬고 말했다.

"그래, 다른 방법이 있는 것도 아니니까."

생쥐 녀석은 아무 말도 하지 않았지만 아이들과 함께 캠프로 들어갔다. 캠프 한복판에 다다르자 이자벨 머릿속에 더욱 수많은 목소리가 두텁게 밀려왔다. 마치 수백 개의 라디오 채널을 동시에 틀어 놓은 것처럼. 집중을 해야 했다. 슈거는 어디에 있을까?

별안간 느껴졌다. 높은 나무 근처. 어떻게 알게 된 건지는 모르지만 이자벨은 어쨌든 알 수 있었고, 캠프 주변 가장 큰 나무를 찾아 두리번거렸다.

"슈거가 저기 있어!"

이자벨은 그 나무 아래의 텐트를 가리키며 소리쳤다.

모두 달렸다. 그곳은 딱히 텐트라고 하기 어려웠다. 나뭇가지와 줄에 엉성하게 천을 걸어 만든 공간이었다. 먼저 들어간 헨이 외쳤다.

"열이 펄펄 끓어! 슈거, 나야. 언니 왔어."

작은 여자아이의 떨리는 목소리가 대답했다.

"언니! 올 줄 알았어!"

생쥐 녀석은 이자벨을 텐트로 밀어 넣었다.

"들어가서 어떻게 된 건지 알아 봐!"

천으로 된 입구를 들어 올리고 기어들어 가니 헨이 비쩍 마른 작은 여자아이를 끌어안고 있다. 아이의 갈색 머리카락은 땀으로 젖어 있었다. 헨이 이자벨을 올려다보며 말했다.

"열이 정말 심해. 얼마 동안 열이 난 거지?"

"여러 날 됐어, 언니. 열나는 거 너무 괴로워."

슈거가 조그만 목소리로 말했다. 헨은 슈거의 머리를 쓰다듬었다.

"난 도대체 무슨 생각이었을까? 너희들하고 그렇게 헤어져 버리기나 하고. 난 왜 이 모양일까?"

"어디 있었어, 언니? 보고 싶었어."

"나도 보고 싶었어. 그래서 왔잖아. 이제 여기 있잖아. 슈거, 제이콥이랑 아르테미스랑 칼루랑 핍이 어디 있는지만 말해 줘. 그리고 좀 더 자."

슈거는 들릴락말락하는 목소리로 대답했다.

"저 옆에 아르테미스 오빠랑 칼루 오빠랑 핍은 있어. 그런데 제이콥 오빠는 없어. 못 본 지 좀 됐어. 언니 못 본 만큼이랑 비슷하게."

얼른 이자벨을 보는 헨의 눈에 두려움이 가득했다.

"어디 갔을 것 같아?"

"너 찾으러 갔을까?"

"그런 것 같아. 제이콥은 아마 내가 길을 잃었거나 넘어져서 다리가 부러진 줄 알았을 거야."

헨의 얼굴은 일그러졌다.

"난 왜 이렇게 멍청할까? 바로 캠프로 왔어야 하는데. 난 왜 일을 전부 이 지경으로 만들었을까?"

새뮤얼이 천 자락을 들고 머리를 집어넣었다.

"지금 그런 소리 할 시간 없어. 아파서 거의 죽어 가는 아이들이 많다고. 얼른 우리가 무슨 수를 써야 해. 괴로워하더라도 나중에 해."

헨은 고개를 끄덕이고 이자벨과 함께 텐트에서 나왔다. 새뮤얼이 다른 텐트들을 향해 손짓하며 상황을 보고했다.

"아이들이 전부 열이 많이 나. 물 먹여 주고 물수건 이마에 얹어 주는 것 말고 우리가 할 수 있는 일이 있는지 모르겠어."

"우리가 할 수 있는 일은 여기를 떠나는 거야. 우리까지 다 죽으면 무슨 소용이야?"

생쥐 녀석이었다.

이자벨은 헨을 보며 말했다.

"애들 열을 내리는 데 도움이 되는 뭔가가 분명 있을 텐데."

이자벨은 그렛과 숲에서 보낸 많은 아침에 그렛의 말에 제대로 귀 기울이지 않은 것이 후회스러웠다.

"그걸 우리가 구해 오면 될 텐데, 그게…… 그게…… 뭐지, 헨?"

갑자기 얼굴빛이 밝아지며 말하는 헨.

"컴프리 차가 도움 될 거야. 아니면 에키네이셔. 여기서 구할 수만 있으면. 그 꽃들을 바로 끓여서 우려내야 할 거야. 말릴 시간은 없으니까."

그러자 헨에게 비웃듯이 말하는 생쥐 녀석.

"너 마녀야? 하는 소리가 꼭 마녀 같은데."

"내가 마녀면 어떡할 건데?"

헨이 말릴 수 없는 태도로 녀석을 맞섰다.

"내가 마녀면 그게 뭐? 내가 마녀라서 지금 이 자리에서 너를 당장 주문에 걸어 버리면 어떡할 거냐고?"

"농담 별로 안 좋아하는구나. 너희가 마녀 없다며. 나도 들었어."

말은 아무렇지 않은 듯했지만 생쥐 녀석, 얼굴이 창백해졌다.

"어쨌든, 조심해."

헨은 경고로 마무리했다.

각자의 역할은 빨리 결정되었다. 생쥐 녀석은 가능한 한 많은 양동이와 솥을 찾아 개울물을 길어 오고 새뮤얼은 물을 끓일 수 있게 불을 피우기로 했다. 헨과 이자벨은 숲으로 가 아이들의 열을 내려 줄 컴프리와 보은셋, 에키네이셔를 찾기로 했다. 이자벨이 손 소독제로 효과가 있을지 모른다고 판단한 위치하젤도 찾아보기로 했다.

"그럼 네 남동생은? 누구 한 명이 찾으러 나설까?"

둘이 숲 속으로 가기 전 새뮤얼이 물었다.

"지금은 그럴 시간이 없어. 그리고 여기 온 지 얼마 안 돼서 없어진 것 같으니까 아마 제이콥은 병이 옮지 않았을 거야. 그냥 어디에 있든 안전하길 기도해 줘."

마침내 그렛이 가르쳐 준 것이 생각나는 이자벨.

"에키네이셔는 자주색 데이지 같은 꽃이야. 보운셋은 분홍색에 레이스처럼 생겼고. 컴프리는 생각 안 나."

그러자 헨이 알려 주었다.

"블루벨처럼 종 모양으로 생긴 꽃인데 자주색이야. 잎은 삼각형에 끝이 톱니 모양이고. 캠프 가장자리 햇빛이 잘 드는 곳에서 찾아 봐."

꽃들을 찾는 동안에도 이자벨의 머릿속에선 계속 목소리가 들렸다. 두려움에 떠는 아이의 목소리. 열에 들뜬 아이의 목소리. 이것이 이자벨이 지닌 마법일까? 목소리를 듣는 것이?

솔직히 말해서, 이자벨이 직접 고를 수 있다면 골랐을 능력은 아니었다. 우선은 너무 시끄러웠다. 그리고 듣고 있으면 좀 불안해졌다.

하지만.

그래도.

이자벨이 다른 사람의 목소리와 생각을 들을 수 있는 거라면, 이것이 이자벨이 지닌 능력이라면……

이자벨에겐 마법이 있다는 뜻이다. 마법의 능력이 있다는 뜻이다!

절반은 체인질링이다, 이자벨 빈!

언제나 그럴 거라 생각해 온 것처럼.

35

마흔세 명의 아이들이었다!

가장 나이가 많은 아이는 열네 살의 피터였고, 가장 어려 아장아장 걸어 다니는 여자아이는 모두가 '우기'라고 불렀다. 본명일 리는 없다고 이자벨은 생각했지만. 아이들 모두가 열이 있는 건 아니었다. 아프지 않은 열세 살 아이들 한 무리는 병이 옮지 않기를 바라며 텐트를 다른 텐트들과 먼 숲 쪽으로 옮겼다. 엘리자베스라는 열두 살 여자아이가 주도를 했다.

"처음엔 우리도 할 수 있는 노력을 다했어."

이자벨과 헨에게 설명하는 엘리자베스. 처음엔 숲 속 텐트 뒤에 숨어 이자벨과 헨을 염탐하던 엘리자베스는 약초를 따러 가는 둘의 뒤를 몰래 밟다가 갑자기 헨을 본 적 있다는 것이 기억났다. 코린에서 얼굴을 알던 사이였던 것이다. 그래서 지금,

셋은 함께 개울가 바위에 둘러앉아 이자벨과 헨이 딴 꽃에서 꽃잎을 뜯어 모으고 있다.

"죽도 먹이고 머리 위에 수건도 얹어 주고. 하지만 낫지를 않았어. 게다가 건강하던 아이들 중에서도 점점 아픈 아이들이 많아졌어. 만약 이게 죽는 병이라면 손쓸 수 있는 방법은 없을 거야. 안 그래? 이 약이 효과가 있다면 모르겠지만."

엘리자베스의 목소리에 그다지 기대가 담겨 있지 않다고 느낀 이자벨. 에키네이셔와 보운셋 꽃잎을 열심히 뜯고 있는 헨을 슬쩍 보았다. 이를 악문 듯 헨이 말했다.

"효과가 있을 거야. 꼭 있게 할 거야."

그러자 엘리자베스가 말했다.

"내가 도울 수 있는 건 도울게. 그렇지만 아픈 애들 옆에 붙어 간호하는 건 이제 하지 않을 거야. 내 동생 둘은 아직 병이 옮지 않았어. 우린 부모님이 안 계셔서 만약 내가 병이 옮아 죽기라도 하면 동생들한텐 아무도 없어. 그러니까 오해할까 봐 하는 말인데, 내가 겁이 나서 빠지겠다는 게 아니야. 동생들이 나 없이 둘만 남게 할 수는 없어서야. 아직 여섯 살, 네 살이야. 게다가 스스로 제대로 하는 게 아무 것도 없는 여섯 살, 네 살."

"차 만드는 걸 도와줘. 아이들 간호는 이자벨하고 내가 할 테니까."

셋은 꽃잎과 잎과 줄기를 치마폭에 담아 들고 캠프로 돌아왔다. 새뮤얼은 불을 피워 두었고 생쥐 녀석은 지금 막 첫 솥에 물을 길어 오다 셋을 보고 말했다.

"그거 전부 이 가마솥 안에 부어. 이제 우려내면 돼."

그러자 헨은 고개를 저었다.

"진짜 말만 많이 하고 왜 저렇게 생각이 없는지 모르겠어. 에키네이셔만 먼저 우려낼 거야. 먹여 가면서 열을 얼마나 내리나 볼 거야."

우려낸 차의 첫 잔을 슈거에게 가지고 갔다. 헨이 숟가락으로 뜨거운 차를 조금씩 입에 넣어 주려 했지만 슈거가 몸을 이리 틀고 저리 트는 바람에 턱에 다 흐르고 말았다. 헨은 흘린 걸 닦고 다시 한 숟갈을 갖다 대며 애원했다.

"제발, 슈거. 제발 한 모금만 마셔. 그래야 엄마가 칭찬하지."

슈거의 눈이 커다랗게 뜨였다.

"엄마 왔어? 나 엄마 볼래!"

"엄마 곧 볼 거야. 약속해. 그러니까 이제 입 열고 차 한 모금만 마셔 봐."

헨은 이자벨을 올려다보고 말했다.

"다른 애들한테 가 봐. 난 다른 정신이 없어서 어디부터 가라고 해야 할지는 모르겠어. 그냥 끝에서 끝까지 둘러보면 되지 않을까 싶어."

이렇게 '간호사 이자벨 빈'의 활동이 시작되었다. 우선 컵에 차를 가득 담아 나온 이자벨은 가장 먼 텐트부터 들여다볼 생각이었다. 하지만 몇 걸음 만에, 어느 아이의 목소리가 들렸다. 지금, 지금, 지금, 당장 와 줘요. 곧 이자벨은 깨달았다. 첫째, 머릿속에서 들려오고 있다는 것. (이제 좀 익숙해져야겠다고 생각했다.) 둘째, 이 목소리의 주인공이 저기······ 어디지?······ 아, 저 텐트 속에 있다는 것.

"왔어, 나 왔어."

이자벨은 차를 쏟지 않도록 조심조심 텐트로 들어갔다. 여덟, 아홉 살쯤 되어 보이는 남자아이가 눈을 거의 못 뜨고 반쯤 몸을 일으켰다.

"엄마, 내가 몇 날 며칠을 부른 줄 알아요?"

아이가 반겼다. 목이 바싹 마른 목소리였고 고개는 꾸벅꾸벅 사방으로 젖혀졌다.

"머리가 너무 아파요, 엄마. 꼭 망치로 맞아서 깨진 것 같아."

"열이 나서 머리가 그런 거야. 약 가지고 왔어."

이자벨은 아이가 누운 매트 옆에 무릎을 꿇고 앉았다.

"한 모금 마실 수 있겠어?"

아이가 천천히 눈을 떴다.

"엄마 얼굴이 왜 그래? 꼭 다른 사람 같아요."

"난 네 엄마 아니야. 이자벨 빈이야. 내가 차를 좀 만들어 왔어. 마셔 볼래?"

아이는 몸을 뒤로 뺐다.

"이자벨 빈? 왜? 왜 이름이 그래? 세상에 그렇게 이상한 이름은 들어 본 사람이 없을 거야."

"있어, 우리 엄마."

이자벨은 열 받기를 거부하며 대답했다.

"그리고 우리 할머니."

"와, 잘됐다!"

아이는 이렇게 말하며 다시 털썩 눕더니 눈을 감았다. 그리곤 비몽사몽 간에 키득키득거리며 말했다.

"그렇겠네. 이자벨 빈 엄마하고 할머니는 이자벨 빈이 누군지 알겠네, 히히."

이자벨은 아이의 머리 뒤를 받쳐 살짝 들어올렸다.

"차를 좀 마셔 봐. 그럼 좀 있다가 내가 재미있는 거 더 말해 줄게, 응?"

아이는 고분고분 입을 벌리더니 한 모금을 마셨다.

"아, 쓰다."

아이는 몸을 가누지 못하며 말했다.

"써도 좋은 차야. 한 모금만 더 마셔."

이자벨은 계속 권했고, 어느새 컵이 비었다.

가려고 일어서는 이자벨에게 가느다란 목소리가 들려왔다.

"또 올 거지, 이자벨 빈? 난 루크야. 만나서 반가웠어."

"다른 애들 보고 나서 또 올게. 좀 더 자."

이자벨은 약속했다. 그리고 오후가 다 지나고 저녁이 될 때까지 계속 머릿속 목소리를 따라 이 텐트 저 텐트로 움직였다. 가장 급하게 부르는 아이들을 먼저 찾아가며 마침내 모든 아이들을 돌아보았다. 나이 많은 아이들은 이자벨의 말을 따라 차를 한 모금씩 넘겨 컵을 비웠지만 작은 아이들은 먹지 않으려고 버티고 몸을 비틀었다. 이 아이들에겐 이야기를 들려주니 주의를 돌릴 수 있었다.

"옛날 옛날에 보라맨이 살았어."

그러면 아이는 눈이 동그래지며,

"보라맨? 정말?"

"그럼 정말이지. 한 모금 마시고 나면 계속 이야기해 줄게."

그러면 아이들은 마치 작은 새처럼 입을 벌렸고, 이자벨은 숟가락으로 조심스레 차를 흘려 넣었다. 어떤 아이들은 이자벨을 엄마라고 했고 코넬리아라는 까만 머리의 여자아이는 이자벨을 드루마누에서 만난 친구, 도리라고 했다.

"나 기억나, 도리? 우리 추수 축제 때 만났었잖아. 같이 게임 해서 우리가 상 휩쓸었잖아."

"아, 기억나. 그러고 보니 생각나네."

이자벨은 아이의 머리를 매만져 넘기며 대답했다.

그러자 아이는 웃으며 말했다. 눈은 떴지만 앞이 보이지 않는 게 분명한 눈빛으로.

"아, 도리. 네가 얼마나 예뻤는데. 너는 세상에서 제일 예쁘고 제일 착한 친구였어."

그리고는 다시 잠에 빠졌다.

아이들을 간호하는 동안에도 이자벨은 계속 머릿속에 귀를 기울였다. 한 아이에게 차를 먹이고 있을 땐 나머지 수많은 목소리들이 모두 머릿속을 살살 간질이기만 하는 윙윙 소리로 작아졌다. 하지만 텐트에서 나와 다른 아이들을 찾아 나설 때면 그 윙윙 소리 틈에서 한 아이의 목소리가 분명히 알아들을 수 있을 정도로 커졌다. 마치 한 아이의 목소리가 잦아든 빈자리에 다른 한 아이의 목소리가 들어오며 계속되는 것 같았다.

그 윙윙 소리. 이자벨은 이 소리를 언제 처음 들었는지가 생각이 났다. 며칠 전 ─ 아니, 몇 주 전일까? 몇 년 전일까? ─ 교실 바닥에서 올라오던 소리였다. 새뮤얼을 처음 만났을 땐 그 방구석의 난로에서 나는 소리가 그 소린가, 하고도 생각했다. 하지만 이제 알았다. 이 아이들로부터 들려온 소리였다는 것을.

이자벨은 하늘을 올려다 보았다. 저 푸름 너머에는 행데일 중학교가 있을까? 어느 세상이든 그 위에는 다른 세상이, 그 위에는 또 다른 세상이 겹겹이 쌓여 있을까?

어쩌면 그럴는지도 모르겠다고, 이자벨은 생각했다.

그리고 또 들려오는 목소리를 따라 텐트로 들어갔다.

36

텐트를 모두 둘러본 다음 이자벨은 개울로 가 손을 씻었다. 두 손을 차가운 개울물에 담그고 얼굴에도 물을 끼얹었다. 몇 시일까? 위를 올려다보니 어두워지고 있는 하늘에 별이 한 줌 수줍게 빛을 발하고 있었다. 일곱 시쯤 됐겠다, 아니면 여덟 시.

"너 이거 필요할걸?"

놀라며 이자벨은 뒤돌아보았다. 엘리자베스가 개울가 둑 위에 서 있었다. 엘리자베스는 커다란 돌 몇 개를 짚고 개울로 내려가 이자벨에게 잎과 줄기를 건넸다.

"위치하젤이야. 헨이 나더러 이거 찾아보라고 했어."

이자벨은 위치하젤 잎과 줄기를 조심스레 여러 조각으로 찢어 손과 팔에 문질러 바르며 말했다.

"내가 살던 곳에선 이걸 살균제라고 해. 병균을 떨쳐 주거든."

엘리자베스는 바위 위에 쪼그리고 앉아 빤히 이자벨을 쳐다보았다.

"너 같은 여자애 전에도 만난 적 있어. 다른 세계에서 왔다고 했어. 생각하는 것도 이상하고 신발도 이상하고. 꼭 너처럼."

전에도 있었다는 이야기다, 헨도 말했듯이. 이곳으로 떨어져 내려온 사람이 이자벨이 처음은 아니라는 말이다.

"그 애 지금은 어디에 있는데?"

"몰라. 집에 갔겠지. 넌? 넌 집에 갈 거야?"

이자벨은 뒤돌아서서 물결이 바위를 뛰어 넘어 하류로 흘러내려가는 모습을 바라보았다.

"갈 거야. 조금 있다가."

이제 자신에게 마법이 있다는 것을 알았으니, 이자벨은 그렛과 함께 좀 더 지내며 마법의 기본적인 사용법이나 요령 같은 것들을 배운 다음에 돌아가고 싶었다.

"가족 보고 싶지 않아? 난 엄마 아빠 정말 보고 싶지만 내가 천국으로 가기 전까진 볼 수 없어. 집으로 돌아가 봤자 안 계셔. 부모님이 아직 이 지상에 계셨더라면 난 지금 당장 부모님 계신 집으로 달려갈 거야. 마녀가 있든 없든."

이자벨은 엘리자베스를 바라보았다. 엘리자베스의 생각들

이, 걱정과 고민들이 자신의 머릿속으로 흘러들어올까, 기다려 보았다. 들리는 건 이자벨 스스로의 생각들뿐이었다. 왜일까? 엘리자베스의 경우는 이자벨이 아무것도 도와줄 수 없기 때문일까? 도움이 필요하다는 것, 그게 바로 이자벨에게 들려온 목소리들의 공통점 아니었나? 하지만 엘리자베스의 돌아가신 부모님에 대해서는 이자벨이 할 수 있는 일이 없다.

이자벨은 일어서서 치마에 손을 닦았다.

"응, 나도 물론 엄마 보고 싶어. 우린 이제 만나면 할 말이 정말 많아. 적당한 때가 되면 돌아갈 거야."

이자벨이 둑을 기어 올라갔고, 엘리자베스도 일어나 따라 올라갔다.

"넌 여기 오래 못 있어. 너처럼 떨어져 내려온 아이들 중에 계속 남아 있는 아이는 없어. 여기는 네가 사는 시간도 공간도 아니야."

이자벨은 그 말에 대해 생각해 보았다. 어차피 집에 돌아갈 생각이긴 했지만 마치 선택의 여지가 없다는 듯 이야기하는 것은 듣기 싫었다.

"내가 사는 시간이나 공간이라는 게 따로 없을 수도 있지. 어쩌면 나는, 시공을 헤엄칠 수 있는지도 모르잖아."

"시공을 헤엄쳐?"

무슨 말이냐는 표정으로 묻는 엘리자베스.

"그래, 시공을 헤엄치는 사람."

또 한 번 말하면서 이자벨은 표현이 마음에 들었다.

"시간과 공간을 마음대로 벗어날 수 있는 사람 말이야. 이 세계 저 세계를 탐험하면서."

잠시 말이 없던 엘리자베스가 입을 열었다.

"그런 게 있다고 생각 안 해. 누구한테나 자기가 속한 시간과 공간이 있는 거야. 누구든 잠깐씩은 벗어날 때가 있지. 꿈을 꿀 때라든지 아님, 그림을 그리다 자기도 모르게 그 속에서 허우적댄다든지…… 무슨 말인지 알아들어?"

이자벨은 고개를 끄덕였다.

"그런 것도 비슷하지."

"그래, 대부분의 사람들한테 자기 시간과 공간을 벗어난다는 건 그런 의미야. 물론 아주 가끔 너처럼, 네가 여기로 떨어져 온 것처럼 잠시 진짜 다른 세계로 빠져드는 사람들도 있어. 하지만 계속 있는 건 안 돼. 돌아가야 돼."

"왜? 안 가겠다는 건 아니야. 하지만 왜 꼭 가야 하느냐고?"

그러자 엘리자베스는 이자벨의 어깨에 손을 얹었다.

"너희 엄마가 널 보고 싶어 하시니까."

그리고 잠시 뜸을 들이다 부드럽게 덧붙였다.

"널 많이 보고 싶어 하셔. 너도 알잖아. 엄마한테 너 말고는 가족도 별로 없고. 안 그래?"

이자벨은 멈춰 섰다.

"어떻게 알았어?"

엘리자베스는 미소 지었다.

"그런 재능이 있는 게 너뿐일 줄 알았어?"

"마법…… 말하는 거야?"

"마법이든 재능이든, 같은 걸 다르게 부르는 이름일 뿐이지. 넌 누가 네 도움을 필요로 하면 느낄 수 있지? 난 사람들이 서로를 필요로 하면 느낄 수 있어. 작은 재능이지만 가끔씩은 쓸모가 있어."

그리고 두 아이는 캠프를 향해 다시 걸음을 뗐다. 한 아이는 미소를 지으며, 한 아이는 고개를 흔들며.

37

머릿속에서 울리는 희미한 목소리. 이자벨은 떨쳐 내고 싶어 고개를 흔들었다. 그리고 켜켜이 덮은 담요 속에서 굴러 나왔다.

캠프에 온 지 삼 일째, 이자벨은 지쳐 있었다. 분명 상태가 좋아지고 있는 아이들이 있었다. 특히 어린아이들은 살살 텐트에서 나와 모닥불로, 개울로 걸음을 떼어 보기 시작했다. 슈거도 많이 나아 생쥐 녀석이 차 끓이는 것을 옆에서 돕기도 했다. 어린 슈거를 재미있게 해 주려고 수수께끼를 지어내고 운을 맞춰 말을 하는 생쥐 녀석을 보며 이자벨은 녀석이 평소의 절반도 툴툴대지 않는 것을 느꼈다.

하지만 여전히 아픈 아이들이 많았다. 헨과 이자벨은 매시간 그 아이들에게 차를 갖다 주고 차가운 물수건을 이마에 대 주고 노래를 불러 주었다. 이자벨은 마치 그렇게 백 년쯤을 거기서 지냈고, 앞으로도 백 년쯤을 그렇게 지낼 것 같은 기분이 들었다. 다시는 그렛이나 엄마를 만날 날도 오지 않고, 아이들에게 사실은 마녀가 없으니까 집에 가도 된다고 알릴 순간도 영영 오지 않을 것만 같았다.

이자벨은 옷을 갈아입고 엘리자베스가 많지 않은 아침 분량의 빵을 급식해 주고 있는 텐트로 갔다. 문제가 하나 더 있었다. 식량이 얼마 남아 있지 않다는 것.

"캠프를 옮겨야 할 것 같은데. 남은 식량이 여기 있는 우리만 먹는다 해도 버틸까 말까 한 수준이야."

텐트로 걸어 들어가며 이자벨은 새뮤얼이 이렇게 말하는 것을 들었다. 텐트 안에서 먹을 것이 얼마나 없나 보여 주기라도 하듯 두 손에 빵을 들어 보이고 있던 엘리자베스는 이렇게 말했다.

"아이들 상태가 아직 멀리 움직일 수 있을 정도가 아니야. 그리고 지금은 마녀가 쫓아온단 말이야. 되돌아갈 수 없어. 마녀한테 잡히고 말 거야."

새뮤얼은 이자벨을 돌아보고는 한쪽 눈썹을 올리며 말했다.

"때가 된 것 같은데. 안 그래?"

"캠프를 옮기자고? 그게 가능하기나 한지도 모르겠는데?"

"아니. 얘한테 그 얘길 할 때가 된 것 같다고. 다른 아이들한 테도 건강이 회복되면 이야기하겠지만 우리 여기 이삼 일 이상 은 더 있을 수가 없어. 그때까지는 먹을 게 다 떨어질 거야."

엘리자베스가 침울한 표정으로 고개를 저으며 말했다.

"이번에는 정말 준비가 제대로 안 됐어. 마녀가 불시에 움직 였거든. 봄이 훨씬 지나가기까지는 신호가 오지 않을 줄 알았 어. 그런데 그렇게 갑자기 달 위에 그림자가 나타나서 다들 준 비가 되어 있지 않았던 거야. 보통은 빵 만들 밀가루하고 소다 도 많이 챙기고 가방에 감자도 가득 채워서 집을 나서는데 이 번엔 그러지 못했어. 마녀가 우릴 궁지에 몰아넣은 거야. 그 마 녀는 그렇게 지독해."

그래서 새뮤얼과 이자벨은 엘리자베스에게 마녀 이야기를 들려주었다. 그 마녀가 마녀가 아니란 이야기, 숲 속에 마녀란 있지도 않다는 이야기를 주의 깊게 들은 엘리자베스는 생각해 봐야겠다고 하고는 캠프 주위를 한 시간이나 뱅뱅 돌다가 점심 으로 먹을 수프에 넣을 버섯을 썰기 직전에 돌아왔다.

"모든 애들이 너희 말을 믿지는 않을 거야, 짐작하겠지만. 이 아이들을 설득하는 거 아마 쉽지 않을 거야."

"넌 어떤데? 넌 설득 됐냐? 그렇담 우리가 첫 단추를 끼운 거 고."

새뮤얼의 물음에 엘리자베스는 솔직 담백하게 대답했다.
"아직은 모르겠어. 증거가 필요해."
이자벨과 새뮤얼은 마주 보았다. 그리고 새뮤얼이 말했다.
"너희 할머니 모셔 와야겠다."
이자벨은 고개를 끄덕였다. 사실, 왜 좀 더 빨리 그럴 생각을 못했을까? 왜 누구 하나 진즉에 달려가 그 이름난 치유사 그렛을 아픈 아이들이 가득한 이곳으로 모셔 오지 않았을까?
"위험이 따르는 일이기는 해. 그래도 감수할 가치가 있는 것 같아."
새뮤얼이 마치 이자벨의 생각이라도 읽은 듯 말했다. (새뮤얼도 남의 생각을? 하고 궁금해지던 이자벨은 그 순간 마음을 읽는 능력이니 머릿속에 들리는 목소리니 마법이니 재능이니 하는 것들이 좀 피곤하게 느껴졌다.)
결정은 내려졌다. 이자벨과 새뮤얼이 그렛에게 가기로. 모닥불 앞에서 또 한 솥의 에키네이셔 차를 들여다보고 있는 헨에게 이자벨이 달려가 이야기했다. 헨은 그러라고 했다. 아이들은 자신이 계속 보살필 테고 도와줄 생쥐 녀석과 슈거도 있다고. 이자벨과 새뮤얼은 출발했다. 그렛의 집에서 밀가루와 설탕, 사과와 견과류 따위를 얻어 담아 올 셈으로 삼베 가방을 제각기 몇 개씩 들고서.

"네 할머니가 마녀가 아니라는 걸 아는데도 지금 그쪽으로 가고 있다는 생각을 하면 뼛속이 좀 으스스해.

코린을 향해 한 2킬로미터 정도 걸었을 때쯤 새뮤얼이 말했다.

"그럼 애초에 마녀라는 존재가 없었다는 생각을 해 봐. 그럼 안 무서울 거야."

이자벨의 제안에 새뮤얼은 가슴을 펴며 말했다.

"무섭지는 않아. 약간 경계되는 것뿐이지. 여태 평생 마녀가 있다고 믿으면서 살았잖냐. 너도 알다시피."

"그래도 이제는 마녀가 없다는 걸 알잖아. 그런데도 왜 그런 기분이 들어?"

"뭐, 버릇 아닐까?"

새뮤얼은 어깨를 으쓱하며 말했다.

따뜻한 봄날 아침이었다. 하늘에는 구름 몇 점, 머리 위 나무 사이로는 날아다니는 참새 몇 마리. 며칠 동안을 답답한 텐트 안에서 보낸 후라 이자벨은 바깥에 있는 기분을 즐겼다. 인동 향기가 나 눈에 띄면 좀 꺾어 가야겠다고 생각했다. 그렛이 인동으로 차와 쿠키를 만들어 줄지도 모르니까. 어쩌면 케이크도. 어쩌면 수프도 넉넉히 한 솥······

이자벨의 뱃속이 요란하게 꼬르륵거렸다.

"나도 뭘 좀 먹어 볼까?"

새뮤얼이 이렇게 맞장구를 치며 길가에서 풀을 한 잎 뜯어 물었다.

출발한 지 한 시간쯤 되었을까, 이자벨은 뭔가 이상한 소리를 들은 것 같았다. 그리곤 곧 이상한 것은 들리는 소리가 아니라는 것을 깨달았다…… 이상한 것은 바로 아무 소리도 들리지 않는다는 것이었다. 머릿속을 울리던 목소리가 이젠 하나도 없었다. 이자벨의 머리 앞쪽을 서로 차지하려고 밀쳐 대던 끙끙 소리, 힘들어하는 소리가 이젠 들리지 않았다. 한밤의 정원처럼 조용했다. 다만 그 조용한 공기를 흔들며 재잘거리는 이자벨 자신의 생각만이 간간히 들려 왔다.

이자벨은 빙그레 웃었다. 쉴 수 있으니 좋았다. 좀 더 경험이 생기면 아마 머릿속에 들려오는 소리들을 좀 더 잘 조절하고 정리할 수 있을 것도 같았다. 도움을 구하는 목소리 하나하나에 제각기 조그만 공간을 준다든지 말이다. 그리고 어쩌면 행복한 생각들을 듣는 법을 배울 수 있을 것도 같았다. 왜 걱정과 고민에만 능력을 한정하겠나? 들을 수 있는 것이 사람들의 걱정뿐이라면 얼마 후엔 좀 우울하게 느껴질지도 모른다. 소원을 들을 수 있으면? 사람들의 소원을 이루어 줄 수 있는 종류의 마법을 배운다면 어떨까? 절반만 체인질링인 이자벨도 그런 걸

할 수 있을까? 소원 실현 쪽은 요정들과 경쟁해야 하는 시장일까?

하지만 어쨌든 지금은, 이 조용함이 달콤했다. 아름다운 봄날 아침, 숲 속을 걸어가고 있고, 한 걸음 한 걸음 음식에 가까워져 가고 있다……

이자벨은 갑자기 걸음을 멈추었다.

무언가가 머릿속에서 들려 왔다.

마치 몇 백 킬로미터쯤 멀리 있는 듯 가느다란 목소리, 이자벨의 머릿속 가장 깊고 가장 어두운 곳, 가장 아득한 곳에서 들려오는 것 같은 목소리였다. 잠시 시간이 걸렸지만 알아차렸다. 그렛이었다. 그렛이 위험에 처했다. 이자벨은 얼어붙고 공포에 질렸다. 느낄 수 있었다. 뼛속에서부터 그 아픔을 느낄 수 있었고, 머릿속이 빙빙 도는 그 어지러움을 느낄 수 있었다. 그렛이 아픈 것이다. 그렛이……

안 돼. 안 돼, 절대 안 돼. 심장이 흉곽을 뚫고 나올 듯 방망이질 쳤다. 호흡은 폐 속에 갇힌 듯 나가질 못했다. 어떤 나쁜 일도 일어나서는 안 된다. 마녀가 아니라 치유사인 그렛에게. 사람들을 돌보는 그렛에게. 이자벨의 도움이 필요했던 그렛에게. 모두가 진실을 알기를 원했던 그렛에게. 그리고…….

이자벨의 할머니인 그렛에게.

"뛰어!"

이자벨은 새뮤얼의 손을 세게 잡아 끌며 외쳤다.

"빨리! 당장!"

"어디로? 뭔데?"

새뮤얼이 이미 움직이며, 이미 전력으로 내달리며 소리쳐 물었다.

"뛰어!"

이자벨은 단지 이렇게 대답할 뿐이었다.

"뛰어!"

번개처럼, 바람처럼, 마치 발에 불이 붙은 것처럼……

둘은 달렸다.

페니로열 (Hedeoma pulegioides)

조금 먹으면 위를 안정시켜 메스꺼움을 달래 주지만 많이 먹으면 위험하다. 주의해서 써야 한다!

38

당신은 제이콥을 아마 잘 모를 것이다. 이자벨과 새뮤얼, 그렛 역시 제이콥을 몰랐다. 그러니 겉모습만 보고 이 녀석이 그런 사고를 칠지 어떻게 알 수 있을까?

정답 = 모른다.

아, 어린 남자애들을 누가 말릴까? 아홉 살. 공들여 꼼꼼히 계획을 세울 수 있을 만큼 자랐지만, 또 그 계획들을 완전히 망쳐 버릴 수 있을 만큼 어린 나이.

그래도 우리의 제이콥을 한번 떠올려 볼까? 저기, 저기 제이콥이 그리넌 캠프를 향해 가고 있다. 헨을 멀리 따돌린 채 뛰어간다. 순전히 장난이다. — 사실 길에서 누나와 그렇게 헤어져 버릴 의도는 전혀 없었다. 그렇지 않아도 헨은 엄마에게 동생들 돌보는 일로 꾸중을 많이 들었다. 왜 남동생들을 진흙탕에서 뒹굴게 내버려 뒀냐, 슈거의 머리를 단 한 줄도 제대로 땋아 보지 못하냐, 등등. 그런 헨을 더 곤란하게 만들려던 게 아니었다. 제이콥은 그저 장난을 좀 치고 싶었을 뿐이었다. 정말 그게 다였다.

캠프에 도착한 제이콥은 꼬맹이 핍(겨우 세 살이지만 이미 얼마나 자급자족의 달인인지)과 슈거와 아르테미스와 칼루를 다른 아이들과 개울가에서 놀도록 보내고 텐트를 설치한다. — 그래, 누나의 도움도 없이 말이다. (헨이 잘하는 일이 한 가지 있다면 텐트를 설치하고 매듭을 묶는 등의 야외 활동이었다. 헨이 감당 못해 쩔쩔매는 것은 오로지 아이들이었다.) 아니 그런데 헨은 안 오고 뭐하는 걸까? — 그리고 한 명당 한 장씩 말아 온 담요를 센다. 그러면서 몇 분마다 한 번씩, 기대 담긴 얼굴로 고개를 들어 뒤를 본다. 헨이 팔짱을 끼고 서 있다가, 어떻게 나만 놓고 달아날 수가 있냐며 귀퉁이를 후려치려 들 것을 상상하며.

하지만 헨은 없었다. 또, 헨은 없었다. 그리고 또, 헨은 없었다. 두 시간이 지나고 네 시간이 지났다. 어린 동생들은 마치 엄마 닭을 잃어버린 병아리들처럼 불안해하기 시작했다.

앉아서 거의 날밤을 샌 제이콥은 새벽 무렵, 무슨 일이 일어났는지를 알 것 같았다. 홀로 따돌려 놓고 온 헨이 마녀에게 붙잡힌 것이다! 제이콥의 마음에는 한 점 의심도 없었다. 헨을 낚아챈 것이 분명한 마녀의 마수에서 헨을 구하는 일이 제이콥에게 달린 것이다. 지평선으로 날이 밝아오자마자 제이콥은 마녀의 은신처를 찾아 길을 떠났다.

하여 그 얼마나 쉽게 찾았는가! 아, 쉽게…… 라는 표현이 그리 정확하진 않을 수도 있겠다. 전날 집에서부터 캠프까지 이틀을 걸으며 생긴 물집 때문에 많이 아팠던 것을 별일 아니라 하지 않는다면 말이다. 그래서 출발한 지 두 시간 만에 개울가에 아픈 발을 담그고 앉은 제이콥은 그대로 잠이 들어 버렸고, 눈을 뜨고 자신이 뭘 하던 중이었는지를 기억했을 때는 이미 날이 저물고 있었다. 그 다음 날의 여정 역시 '쉽게'라고 하기엔 좀 무리가 있지 싶다. 길을 잃어도 한참 잃어버린 제이콥은 반나절 만에 어찌된 건지 자신이 그리던 캠프로 돌아온 것을 깨달았으니 말이다. 수풀 사이에 숨어 헨이 와 있는지 살핀 제이콥은, 헨이 없다는 것이 확실해 보이자 다시 길을 떠났다.

제이콥이 길을 떠도는 도붓장수의 아들인 데다 여름에 몇 번 아버지를 따라 이 마을 저 마을을 돌아다니며 놀았던 경험이 있는 것은 이제 와 보니 행운이었다. 덕분에 숲에서는 어떻게 먹을 것을 구하는지, 가장 깨끗한 물은 어디에서 찾는지, 궁할 땐 남의 집 창가에서 식히려고 내놓은 파이를 어떻게 훔치는지 제이콥은 알고 있었다. 사실 그런 능력이라도 없었으면 어쩔 뻔했는지 모르겠다. 점점 막막하게 길을 잃어 드루마누에서 아가독까지 다섯 마을을 5일 동안 이리저리 호되게 헤매다 겨우 코린의 외곽에 도착했으니 말이다. 그러니 독버섯과 먹어도 되는 버섯을 구분할 줄 안 것, 땅에서 엉덩이를 내밀고 있는 램프14를 알아볼 수 있었던 것은 정말 고마운 일이었다. 하나 뽑으면 한 끼 식사였다. 하지만 닷새 동안 버섯, 양파만 먹다 보니 제이콥은 집에 가고 싶다는 생각마저 들었다. 가던 길을 계속 걷기로 한 건 혼자 집에 나타난 자신을 보고 길길이 화를 낼 엄마 모습이 떠올랐기 때문이다.

제이콥이 숲 속에서 집을 한 채 발견한 것은, 이 헤매고 헤매던 여정의 여덟째 날이었다. 개울을 따라 다시 북쪽으로 올라가다 제이콥은 숲 속에서 집 한 채를 발견했고, 그 집 창문으로 어느 나이든 여자의 모습을 보았다. 제이콥은 마침내 마녀를 발견했다고 생각했다. 마녀가 아니라면 늙은 여자가 무슨 이유로 숲 속에서 혼자 산단 말인가? 그러니 확실했다. 그리고 어디 높은 나뭇가지에 뼈가 가득 담긴 그물이 걸려 있지 않은지 찾아 보았다. 그리고 어느 비틀어진 느릅나무 맨 꼭대기에 뼈 그물 두 개가 확실히, 거의 확실히 보였다. 꽤…… 아마도 뼈 같아 보였다. 그래, 찾았다! 제이콥은 확실히, 거의 확실히 마녀를 찾았다. 팔의 털들이 바싹 일어섰다.

그리고 저기, 발코니에 보이는 저건 뭐지? 난간에 걸쳐져 깃발처럼 펄럭이고 있는 것은…… 헨의 파란색 앞치마? 제이콥은 주먹을 움켜쥐었다.

헨이 이곳에 있다! 헨을 구해야 한다!

제이콥보다 단순한 아이였다면, 어쩌면 당장에 굵은 나뭇가지를 집어 들고 휘두르며 그 집으로 쳐들어가 누나를 내놓으라고 밴시[15]처럼 울부짖었을지도 모른다. 하지만 제이콥은 좀 더 머리를 썼다. 숲 속에 몸을 숨긴 채 덩굴 식물을 밧줄로 꼬며 시간 가기를 기다렸다. 그러다 마녀의 집에서 마지막 불이 꺼지고 30분쯤 후, 마치 뱀처럼 조용히 집 안에 숨어들어 갔다.

마녀를 침대에 묶기는 손쉬웠다. 덩굴 식물로 꼰 밧줄을 칭칭 감고 이곳저곳에 많은 매듭을 묶었다. 물론, 처음에 마녀가 자고 있었기 때문에 훨씬 쉬웠던 것이 사실이다. 밧줄이 두 번 몸을 휘감은 후 잠에서 깨어난 마녀는 일어나려 버둥거렸지만 마녀는 가엾게도 늙고 힘이 없었고 제이콥은 팔팔하기만 했다. 그리고 줄을 감는 내내 제이콥은 마녀를 누르고 앉아 있었다. 아빠는 제이콥을 '바위처럼 튼튼한 녀석'이라고 했는데, 제이콥 스스로 생각하기에도 그랬다. 그러니 늙어 빠진 할망구가 어쩌겠나? 침대에 단단히 묶여 버린 다음에야 '아니 도대체 무슨 짓을 한 거야?' 하고 묻는 수밖에.

"무슨 짓을 하긴? 널 침대에 묶었지. 이 늙은 마녀야."

이미 마지막 매듭을 묶으며 제이콥은 득의양양하게 대답했다.

"우리 누나 어디에 있는지 말해라. 그러면 풀어 주는 거 생각해 볼 테니까. 생각해 보겠다는 거지 풀어 주겠다는 건 아니니까 착각은 마라."

마녀는 밧줄의 힘을 가늠해 보는 듯 꿈틀거리다가 한숨을 쉬었다. 제이콥의 매듭 묶기 신공엔 당할 수 없지.

"헨은 여기 없어. 이자벨하고 그리넌 캠프로 갔어."

제이콥이 몇 발 뒷걸음질을 쳤다.

"우리 누나 이름이 헨이라고 내가 말했어? 아니면 내 머릿속을 읽은 거야?"

"네 얼굴, 네 누나랑 판박이야. 이렇게 어두운데도 알겠네. 달에서 널 마주쳐도 헨의 남동생인 줄은 알아보겠다."

제이콥은 집 안에 거울이 있나 하고 둘러보았지만 없었다. 헨을 닮았다는 말이 정말일까? 제이콥은 누나의 호감 가는 얼굴을 남자 버전으로 약간 닮았다 해도 싫지 않을 것 같았다. 그렇다고 얼굴 생김에 먼지만큼이라도 신경을 쓴다는 건 아니지만.

"헨 어디 있냐고?"

제이콥은 자기가 뭘 하는 중이었는지를 다시 깨닫고는 마녀를 다그쳤다.

"어서 말해. 입 다물고 있으면 더 괴로워질 거다."

그러자 마녀의 한숨 소리가 더 커졌다.

"벌써 말했잖아, 어디 있는지. 이제 이 밧줄 좀 끊어 봐. 오밤중이기는 하지만 네가 먹을 만한 것 좀 차려 줄 테니까."

먹을 것이라는 말에 제이콥의 배가 요란하게 꼬르륵거렸다. 이날 아침부터 아무것도 먹지 않은 제이콥은 음식에 대한 생각에 완전히 사로잡혀 버렸다. 풀어 줘서는 안 될 이유가 있을까? 생각해 보았다. 바짝 지켜보며 먹을 것을 준비하게 하고 그런 다음 다시 묶으면 된다. 아니면 헨에게로 바로 안내를 하게 하든지.

"마녀 술수 같은 거 부릴 생각 않는 게 좋을 거다."

제이콥은 이렇게 말하며 매듭 하나를 풀기 시작했다.

"나 같은 놈을 만나 본 적이 아마 없을 텐데, 허튼짓하면 네 목숨이 온전하지 못하다는 것만 알아 둬라."

"그래, 그렇겠지."

마녀는 동의했다. 그다지 진심이란 느낌이 들지는 않았지만.

뭐, 상관없었다. 무슨 꿍꿍이를 시도했다가는 제이콥이 한 말의 의미를 곧장 알게 될 테니까. 이 매듭을 풀자마자…… 풀……자마자……

매듭은 풀리지 않았다. 칼로 밧줄을 끊어 보려고도 했지만 밧줄을 만든 덩굴이 너무 질기고 억세서 매듭은 도무지 잘라지지도 뜯어지지도 끊어지지도 않았다. 제이콥은 스스로에게 감탄을 해야 하는지 한심해해야 하는지 헷갈렸다. 그리고 한심해하기로 결론 냈다. 일이 그렇게 된 지 이틀 후, 또 직접 끓인 수프 한 끼를 마녀 몫으로 그릇에 담으면서 말이다. 게다가 손수 떠먹여 주어야 한다. 마녀를 죽게 내버려 둘 수는 없지 않나. 죽어 버리면 헨이 어디에 있는지에 대해 알 길이 없어지는데.

"만약 죽인 거면 사실대로 말해."

넷째 날 아침, 제이콥은 마녀에게 물었다. 물론 솔직한 대답이 나올 리가 없다는 건 알았다. 만약 마녀가 마녀임을 조금이라도 인정한다면 제이콥은 밥을 그만 떠먹일 것이고, 그러면 마녀라고 별 수 있나? 자기 침대에 묶인 채로 바짝 곯아 죽는 수밖에. 그렇게 될 것이 빤한데 어떻게 솔직한 대답이 나오겠나? 하지만 그 입에서 나오는 게 거짓말뿐일지라도 제이콥은 계속 물어보지 않을 수가 없었다.

"내가 헨을 왜 죽여? 난 헨한테 내가 아는 것들을 다 가르쳐 줬어. 나한테는 딸 같은 아이라고. 하, 그런 소리 이제 그만하고, 저기 책장에 가서 책 한 권만 뽑아다가 좀 읽어 줘 봐. 하루 종일 이렇게 침대에 누워만 있으려니 지루해서 못 견디겠다."

이 부탁을 한 게 벌써 몇 번째였다.

"왜? 그래서 나더러 나 스스로한테 주문을 걸라고? 됐어. 사양하겠다."

이번에도 거절하는 제이콥. 그런데 마녀가 오늘 아침에는 다른 때처럼 거기서 포기하지 않고 제이콥을 빤히 쳐다본다.

"너 글 못 읽지? 그래서 그러지?"

제이콥은 인상을 썼다. 읽을 줄 알았다, 당연히. 그저 꼭 필요할 때 말고는 읽지 '않는' 것뿐이었다. 다만 글을 알아보려면 눈이 찡그려졌다. 안 그러면 글자가 흐릿해 보였으니까. 찡그리고 보다 보면 두통이 왔다. 또 가끔씩 글자가 제멋대로 뒤죽박죽이 되어 보이기도 하고 칠판에 적힌 '너구리'가 '구리너'로 보여 다들 웃음을 터뜨리기도 했지만 어디 그게 제이콥 잘못인가? 그리고, 어차피 돼지코 웨어롤 선생처럼 학교 선생이 될 생각도 없는데 무슨 상관인가?

제이콥이 아무런 대답이 없자 마녀는 말했다.

"됐다. 그럼 지하 저장고에 있는 감자 좀 가지고 와서 구워 봐. 이제 빵하고 수프 말고 다른 걸 좀 먹고 싶어 하는 것 같은데."

 실제로 제이콥은 썩 조리사가 되어 가고 있었다. 마녀가 방에 누운 채 이렇게 해라, 저렇게 해라 하고 방법을 소리쳐 주면 그 설명을 듣고 둘이 먹을 녹차 수프와 소다빵을 제법 그럴듯하게 만들어 내는 것이다. 제이콥은 그런 자신이 내심 흐뭇했다. 여자가 하는 일이란 생각에 여태 집에서 음식 한 번 만들어 본 적 없었는데. 하지만 음식 만드는 엄마의 모습을 구경하는 것은 늘 좋아했다. 아마 그러면서 눈으로 배운 것들이 조금 있는 모양이었다.

 지하 저장고에서 두 팔 가득 감자를 안고 온 제이콥에게 마녀가 말했다.

 "난 파이 좀 만들어 먹으면 좋을 것 같은데, 넌 어때? 찬장 안에 말린 사과 좀 있고 아껴 놓은 계피도 좀 있어. 계피가 여기선 귀해. 아주 멀리서 온 거고. 어떻게 생긴 건지 알아볼 수 있겠어? 찬장 맨 위 칸에 있는데."

 글씨가 몽롱하니 뒤죽박죽으로 눈에 들어오는 사람 입장에서 받침대를 딛고 찬장을 들여다보며 각종 병들에 붙은 이름표를 구분하기란 쉽지 않다. 하지만 계피를 직접 눈으로 본 적이 있었던 제이콥은 그 붉은 빛이 도는 갈색을 기억했다. 엄마가 부엌에서 계피를 쓴 건 아니었지만. (계피를 본 것은 아빠의 장

사 보따리 속이었다.) 역시, 갈색이 감도는 붉은 잎이 한 유리병에 담겨 있었다. 박하 향이 은은히 나긴 했지만 계피가 확실했다. 사과는 마녀가 말한 곳이 아닌, 두 칸 위에 있었다. 참 나, 지금 자기한테 파이 만들어 주겠다는 사람한테 제대로 알려 주기나 하지. 그러려니 해 주자, 생각하는 제이콥.

마녀는 사과를 낮은 불에 뭉근히 졸이는 법과 밀가루에 라드16를 섞어 파이 반죽 만드는 방법을 아주 상세히 일러 주었다. 한 시간 정도 만에 파이를 오븐에 넣을 준비가 되었고 폴폴 풍기는 사과향을 맡으며 제이콥은 흡족했다. 제이콥은 이 파이를 오늘 저녁 후식으로 먹어야겠다 생각했다. 저녁으로는 구운 감자에다가 쪽파를 살짝 넣어 양념한 민들레 잎을 곁들여 먹고.

하지만 마녀는 제이콥이 파이를 오븐에서 꺼내자마자 바로 한 조각 먹고 싶어 했다.

"안 식히고? 나 창가에서 파이 식히는 법 알아. 백만 번도 넘게 구경했어."

"누구 좋으라고? 새들더러 다 먹어 치우라고? 됐다. 나는 지금 한 조각 갖다 줘. 있을 때 먹을란다."

마녀의 몸에 이상이 온 것은 첫 숟가락을 먹고부터였다.

"그 계피병 좀 가지고 와 봐."

제이콥이 가져간 병을 보고 마녀의 눈은 휘둥그레졌다.

"이건 페니로열이지 계피가 아니야, 이 녀석아. 이건 독이야."

마녀는 화가 났다기보다는 놀란 것 같았다. 그리고 제이콥의 눈을 마주 보며 묻는다.

"일부러 그랬니?"

제이콥은 배를 한 대 세게 얻어맞은 기분이 들었다. 아니다, 당연히 일부러 그런 게 아니다. 맞다. 이 여자는 마녀가 맞다. 하지만 끔찍하리만큼 착한 마녀다. 심지어 헨을 죽이지 않았단 말도 믿겼다.

"그렇게 울고만 있지 말고 나 좀 도와줘."

이렇게 말하는 마녀의 얼굴이 시시각각 창백해져 갔다.

"나가서, 현관 근처 덤불에서, 흰 꽃하고 보라색 열매가 달린 떨기나무17를 찾아. 열매가 짙은 보라색, 거의 검정색이야. 그 열매를 찾아서 바로 갖고 와."

제이콥은 휘청휘청 현관문으로 나가 계단을 내려갔다. 눈은 눈물로 범벅이었다. 어디에 있어? 그 떨기나무는 어디에 있는 거야? 눈을 손등으로 휙 훔친 다음 제이콥은 찾고, 또 찾았다. 하지만 보이지가 않았다. 집 안에서 마녀의 신음소리가 들려왔다.

흰 꽃, 보라색 열매. 여기 어딘가 반드시 있다. 마녀가 거짓말로 있다고 했을 리 없잖아. 그럴 리가 있나? 독을 먹고 죽게 생겼으면서. 제이콥은 마치 나머지 풀을 다 뽑아 없애면 찾는 풀이 나올 거다, 생각하기라도 하듯 닥치는 대로 풀을 뽑아 대기 시작했다. 피부는 가시에 긁히고 다리는 덩굴에 걸려 넘어졌다. 대체 그 망할 약초는 왜 안 보이는 거야?

"죄송해요!"

제이콥은 소리쳤다, 바닥에 털썩 주저앉아 두 손에 머리를 묻고. 아, 그는 무슨 짓을, 도대체 무슨 짓을 저지른 것일까?

"죄송해요!"

또 외쳤다.

하지만 아무런 대답도 들려오지 않았다.

39

그렛의 집 앞마당으로 이자벨과 새뮤얼이 옆구리에 손을 짚고 숨을 헐떡거리며 뛰어 들어왔다. 속도를 늦춰 멈춰선 다음에도 무릎을 짚고 헉헉 숨을 고르느라 조금 지나서야 대문 근처에 앉은 남자아이가 눈에 들어왔다.

아이는 절망스러운 얼굴로 외쳤다.

"내가 마녀를 죽였어. 내가 죽이긴 했는데, 그러려고 한 게 아니었어. 마녀지만 늙고 착한 마녀였단 말이야."

둘은 황급히 계단을 뛰어올라가 집 안으로 들어갔다. 그렛이 죽은 듯이 침대에 누워 있었다. 덩굴로 꼰 밧줄로 칭칭 침대에 묶인 채로. 이자벨은 휙 돌아섰다. 그 아이의 목을 조르거나 뭔가를 집어 던지기라도 하고 싶은 기분에 휩싸여. 감히 그렛을 이 지경으로 묶어 놓다니! 도대체 무슨 생각으로? 뜨거운 화가 이자벨의 손가락 끝에서부터 머리카락 뿌리까지 치밀어 올랐다.

새뮤얼이 손을 흔들어 이자벨의 시선을 잡았다.

"아직 돌아가시지 않았어. 그런데 숨소리가 허하고 쇳소리가 나는 게, 당장 뭔가 하지 않으면 곧 돌아가실 것 같은데. 어쩌다 이렇게 된 건지부터 알아야겠어."

이자벨은 마당으로 튀어 나갔다.

"무슨 짓을 한 거야?"

아이에게 물으며, 이자벨은 가슴을 너무 세게 두드리는 심장 때문에 몸이 풀밭 위로 넘어질 것만 같았다.

"파이에다가 뭘 잘못 넣었어. 일부러 그런 게 아니야. 계피를 넣은 줄 알았는데, 페니를 넣었어."

"페니?"

이자벨은 아이를 뚫어져라 보았다. 또 한 번 물었다.

"페니?"

"페니…… 어쩌고 하는 거였는데. 로열페니였나? 로열도 들어갔는데."

"페니로열?"

그러자 아이는 흥분해서 고개를 막 끄덕였다.

"맞아! 그거! 페니로열!"

그러고는 다시 침울해졌다.

"난 계피인 줄 알고…… 색이 꼭 계피 같아서."

부들부들 떨기 시작하다가 바닥에 주저앉는 이자벨을 아이는 잡아 주었다.

"나 대신 헨이 왔어야 해. 헨이라면 뭘 해야 할지 알 거야."

이자벨은 바닥으로 몸을 수그리며 떨리는 목소리로 말했다. 그러자 아이가 눈이 휘둥그레져 보았다.

"헨을 알아?"

이자벨이 마주 보았다.

"그럼, 알지. 너도 알아?"

"우리 누나야! 누나 봤어?"

"제이콥! 너 제이콥이구나. 헨이 네 걱정 얼마나 많이 했는데! 아, 지금 헨이 옆에 있었더라면 좋았을 거야. 헨이라면 지금 무슨 수를 써야 할지 알 거야. 뭔가 찾아서……."

"떨기나무를 찾아 오래."

"누가?"

제이콥은 집을 가리켰다.

"마녀가. 흰 꽃하고 보라색 열매가 달린 떨기나무가 여기 있대. 나더러 구해 오랬어. 그런데 아직 못 찾았어."

이자벨은 즉시 현관 쪽으로 뛰며 어깨 너머로 외쳤다.

"흰 꽃? 보라색 열매라고?"

제이콥이 총알같이 뒤쫓으며 대답했다.

"어. 내 생각엔 뱃속에 들어간 독을 순하게 만들어 주는 약인 것 같아."

엉킨 수풀과 덩굴을 헤치고 기어가며 무릎에 박히는 돌멩이들은 신경 쓰지도 않고 이자벨이 말했다.

"아니면 토하게 하는 약일 거야! 지금 제일 필요한 게 토하는 거니까!"

그 말에 제이콥은 잠시 저도 토할 듯 약간 핼쑥한 표정이 되었지만 다시 풀숲을 헤치며 닥치는 대로 풀을 뽑았다.

"우리 누나가 왔으면 좋았을 거라고?"

이자벨이 소매에 붙은 가시 난 덩굴을 잡아 떼며, 지금 막 꽃을 피우고 있는 캐모마일 꽃밭 속을 헤치며 대답했다.

"네 누나는 타고난 치유사야. 그리고 집 안에 있는 저 분이 헨한테 식물이나 약에 대해서 온갖 것들을 가르쳐 주셨어."

그때 현관으로 나온 새뮤얼이 말했다.

"아직 숨은 쉬셔. 그런데 얼굴이 너무 잿빛이야. 헨이 있었으면 좋았겠다, 정말."

"내가 누나 데려올게. 나 빨라."

제이콥이 나서자 새뮤얼이 말했다.

"시간 꽤 걸릴 텐데. 그만큼 버티실 수 있을지 모르겠어."

그때, 벌떡 일어서며 이자벨이 외쳤다.

"찾았어!"

꽃가지 한 다발을 새뮤얼과 제이콥에게 흔들어 보이곤 이자벨은 덤불을 헤치고 서둘러 휘청휘청 집으로 향했다. 팔과 다리는 긁히고 피가 났다. 머리에는 나무 잔가지가 붙어 있었다. 이자벨은 꽃가지 하나에서 짙은 보라색 열매들을 뜯어냈다.

"이거야! 우선 이걸 드시게 하고, 그 다음부터 어떻게 해야 하는지는 헨이 오면 알 수 있을 거야."

제이콥이 캠프 방향으로 움직이며 물었다.

"그럼 나, 출발할까? 도움이 되겠어?"

"응, 아마도. 대신 빨리!"

제이콥은 이미 자갈과 나뭇가지들을 발길로 차며 내닫고 있었다.

떨기나무 가지들을 품에 안은 이자벨은 현관 계단을 껑충껑충 뛰어 올라왔다.

"이제 이걸 드시게 하면 돼. 그러기만 하면 돼."

"그런데 의식조차 없으시잖아. 어떻게 해야 기도에 걸리지 않고 넘기게 할 수 있을지 모르겠다."

"방법을 찾자. 찾아야 돼."

이자벨은 말했다. 속마음보다 자신 있는 말투로.

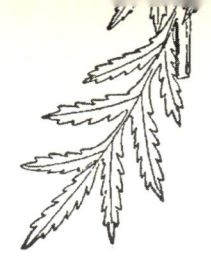

40

지금부터의 이야기는 흐릿하다. 흐릿한 이야기를 어떻게 묘사해 줄 생각이냐고? 글쎄, 아마 못할 것 같다. 그러니 당신, 그냥 눈을 감고 구름을 한번 떠올려 보라. 떠올린 그 구름을 붙들고 빙빙 돌아 보라. 빙빙, 빙빙.

이제 좀 머릿속이 흐릿해진 기분이 드나?

몸이 살짝 아픈 것 같기도 하고 어지럽기도 하면서 기분도 별로고? 뭔가 혼란스러운 것 같기도 하고? 자, 조금 더 돌아보자. 이젠 더 빨리. 그러면서……

머릿속에 품고 있는 그렛의 모습을 떠올려 보자. 지금껏 수많은 페이지를 그렛에 대해 읽은 당신, 당연히 그렛의 모습을 그려 두었을 것이다. 하지만 아마 일어나 움직이는 모습이겠지? 생기 가득하고 활력 있는 모습? 그러면 이제 싹 바꾸어 보는 거다. 누워 있는, 의식이 없는 그렛의 모습으로. 심하게 아파 죽어 가는, 거의 죽은 것 같은 그렛의 모습으로.

그리고 좀 더 돌자, 빙빙.

사실 말인데, 나는 이야기하는 법을 전문적으로 배운 사람은 아니다. 이런 장면을 생생히 그리는 방법도 가르치는 학교가 있다면서? 하지만 나는 이 이야기를 읽는 당신이 단지 보기만 하는 것을 원하는 게 아니다. 느끼기도 했으면 좋겠다. 그런 방법도 그 학교에서 가르쳐 주나? 이만큼이나 짧지 않은 길을 함께 여행한 당신에게 지금 펼쳐질 장면들의 한가운데로 들어갈 수 있는 기회를 마땅히 드리고 싶은 것이다. 당연히 투명인간으로서 말이다. 하지만 그 상황을 전부 보고 전부 느끼며, 그 흐릿하고 두렵고 심장이 요동치는 순간 속으로 당신이 빠져들 수 있었으면 좋겠다.

그럼 좀 더 돌자, 빙빙,

빙빙, 빙빙,

빙빙, 빙빙……

47

열매를 손으로 으깨며 이자벨의 머리는 빙빙 돌았고 눈앞은 눈물로 흐렸다. 하지만 울지 않았다. 울 시간이 없다. 그렛이 약초 잎과 줄기를 으깰 때 쓰던 무거운 막자[18]를 찾을 시간도 없다. 숟가락이나 포크로 으깰 만한 여유도 없다. 보라색 즙이 이자벨의 손가락을 물들이고 팔에 묻어 흐른다. 열매가 얼마만큼 필요한지 몰라 이자벨은 큰 그릇에 전부 다 부었다. 그리고 이제 열매는 질척한 보라색 즙 속에 한 덩이로 으깨어져 있다. 이자벨이 한 번 눌러 으깰 때마다 즙이 팔뚝으로 높게 튀어 오른다.

"일어나세요. 정신을 좀 차리셔야 돼요!"

이자벨은 그렛의 방에서 새뮤얼이 외치는 소리를 들었다. 그리고 새뮤얼이 칼로 덩굴을 끊는 소리도 들렸다. 이자벨은 그릇을 들고 서둘러 방으로 갔다. 쏟지 않으려고 애쓰며, 제발 좀 손이 떨리지 않게 하는 법을 알았으면 좋겠다고 생각하며. 평생 이토록 떨려 본 적은 없었다. 이렇게 감당하기 힘든 기분이 들었던 적은 없었다. 이자벨은 지금 이 상황을 넘기고 나면 세상에서 약초와 각종 식물에 대해 배울 수 있는 모든 것을 배울 것이라 결심한다. 그래서 다음번에 누군가 독을 먹거나 아파서 죽어 가거나, 혹은 아주 티끌만큼 콧속이 간지럽거나 미미하게 열이 나더라도, 뭔가 손을 쓸 수 있는 준비가 되어 있을 거라고. 이렇게 머릿속이 빙빙 돌지도 않고 어지럽지도 않고 손이 곤죽으로 범벅이 되지도 않을 것이라고.

방문으로 들어가자 새뮤얼이 밧줄을 모두 풀어 두었다. 하지만 그렛은 여전히 의식이 없었다.

"깨어나시질 않아. 흔들어도 보고 소리 질러도 봤는데 눈을 뜨시질 않아."

"몸을 일으켜 세워서 벽에다 머리를 기대시게 해 봐."

이자벨이 그릇을 침대 옆 탁자 위에다 올려놓으며 말했다. 이제는 뭘 어떻게 하지? 이자벨은 새뮤얼이 갑자기 책임자가 되어 이렇게 해라 저렇게 해라 알아서 소리쳐 주었으면 좋겠다는 생각이 들었다. 하지만 새뮤얼도 이자벨만큼이나 그저 어찌할 바를 모를 뿐.

"네가 그렛 옆에 앉아서 몸을 잡아 줘."

이렇게 말하며 이자벨은 목이 메어 왔다. 하지만 애써 눈물을 삼켰다. 시간이 없다! 울 시간이! 그리고 언제부터 이자벨이 울보였나? 언제부터 겁내는 게 있었나? (뱀은 예외. 하지만 뱀이야 솔직히 누구나 무서워하는 거고.) 상추 잎 시들듯 움츠러들 시간이 지금은 없다. 이자벨은 깊이 숨을 들이쉬고 등을 꼿꼿이 폈다.

"고개를 살짝 뒤로 젖혀 봐. 내가 숟가락으로 즙을 입에 떠 넣어 볼게."

목소리를 덜 떨려고 노력하며 이자벨은 말했고 새뮤얼이 고개를 끄덕였다. 숟가락으로 즙을 푸다 새뮤얼의 얼굴을 보고 이자벨은 얘 꼭 토할 것 같은 표정이네, 하고 생각했다. 하지만 진찰하듯이 냉철하게 한 판단이었다. 이자벨 본인의 위장 상태와 관계없이. 이자벨의 속은 지금 울렁거리고 메슥거리고, 신물이 출렁……

아니. 시간이 없다. 집중하자. 어서 즙을 뜨자. 떨지 말고. 흘리지 말고. 한술 푹 떠서 그렛의 입에 넣자.

이자벨은 마음먹은 대로 즙을 떠 넣었다. 손이 좀 흔들리긴 했지만, 제 목구멍 절반까지 구토가 차오르기도 했지만 무사히 숟가락을 그렛의 입에 넣고, 치아를 지나 혀 위에 올렸다.

"넘기세요. 꿀꺽 삼키세요."

이자벨은 속삭였고, 새뮤얼은 즙이 넘어가도록 그렛의 고개를 뒤로 젖혔다.

그리고 또 한 번, 숟가락으로 즙을 목구멍 가까이에 부었다.

"입에 물을 좀 넣어 보는 건 어떨까? 어떻게 생각해?"

새뮤얼이 마치 매일같이 이런 일을 해 온 사람처럼, 마치 저는 미치도록 겁이 나지 않는 것처럼 차분한 목소리로 묻고는 이자벨에게 물컵을 건넸다. 이자벨은 컵을 살짝 기울여 그렛의 입속에 물을 조금 부어 넣었다. 그렛이 캑캑, 기침을 했고 물이 넘어갔다.

"된다!"

새뮤얼이 이렇게 외쳤을 때, 그렛이 구토할 기미를 보였다. 새뮤얼은 재빨리 그렛 쪽으로 몸을 돌려, 베개 옆에 놓인 대야 위로 그렛이 고개를 숙이도록 잡아 주었다. 그렛은 들썩거리며 토했고 새뮤얼은 그대로 잡고 있었다.

이자벨은 침대 기둥을 붙잡고 몸을 지탱했다. 또 어지러웠다. 머릿속엔 소음이 소용돌이쳤다. 말소리는 아니었다. 그저 뭔가 북적거리고 윙윙거리고 떨리는 소리였다. 다리에 힘이 풀렸지만 버텼다. 붙들고 섰다.

새뮤얼이 그렛을 원래의 앉은 자세로 되돌리고 소매로 입을 닦아 주고 나자 이자벨은 말했다.
"계속해야 해. 전부 다 게워 내게 해야 해."
그리고 이 과정을 다시, 또 다시 반복했다. 그리고 마지막 한 숟가락의 즙을 넘기고 마지막 보라색 토사물을 뱉어 낸 다음, 마침내 그렛이 눈을 떴다. 그렛은 몇 분 동안이나 아무 말도 하지 않았다. 그저 누운 채 숨만 들이쉬고 내쉬며 이자벨과 새뮤얼을 계속 번갈아 쳐다볼 뿐이었다.
"굉장히 끔찍한 면이 있어."
마침내 말을 할 수 있는 그렛이 작은 목소리로 말했다. 그리고 고개를 살짝 들어 새뮤얼이 내민 물을 한 모금 마셨다.
"사람을 치유하는 일 말이야. 아주 어둡고 괴로운 면이 있다고. 그래도 너는 겁먹지 않고 잘 해낼 줄 알았다."
이자벨은 침대 옆에 놓인 의자에 털썩 앉았다. 겁먹지 않고? 열매를 으깨는 일이나 으깬 열매를 숟가락으로 뜨는 일에는 그래, 아마도 겁먹지 않았다. 독을 토해 내는 그렛의 어깨를 붙들고 있는 일에도 겁먹지 않았다. 필요한 처치를 하는 데에는 겁먹지 않았다.
아니었다, 이자벨이 겁먹은 것은 그 일들을 '하는' 것이 아니었다. '보는' 것이었다. 그렛이 '죽을지도 모르는' 모습만으로도 충분히 끔찍했는데, 만약 그렛이 '죽는' 모습을 지켜봐야 했다면? 거기에 앉아 그렛의 얼굴과 그렛의 손에서 남은 생명이 빠져나가는 모습을 지켜봐야 한다면? 생각만으로도 머릿속이 빙빙 돌았다.

그렛은 팔을 내밀어 이자벨의 손을 잡았다.

"그건 누구나 두려워하는 일이야. 나쁜 죽음을 지켜보는 일은 끔찍하지."

눈에 보이는 세상이 흐려지는 이자벨. 세상이 흐린 모습으로 빙빙 돌았다, 마치 중심축에서 벗어난 것처럼 — 앞이 전혀 보이지 않을 때까지, 앞이 캄캄해질 때까지 — 빙빙.

"나 안 죽었어."

그렛이 힘든 숨소리와 함께 이자벨에게 말했다.

"늙어 빠져서 그렇지 죽진 않았어."

그리고 새뮤얼은 말했다.

"잘했어. 헨이 있었어도 너처럼 했을 거야."

이자벨은 창밖을 바라보았다, 헨이 나타나 주기를 기대하며. 그렛은 죽지 않았다. 하지만 이자벨은 해야 할 치료가 남아 있다는 것을 알았다. 독으로 심하게 상한 위장은 어떻게 낫게 할까? 이자벨은 몰랐다, 전혀. 여기서부터는 헨이 맡아야 했다.

이자벨의 귓가에 윙윙 소리가 다시 들리기 시작한 건 다음

날 이른 아침이었다. 그때까지 이자벨은 그렛 곁에 앉은 채로 자다가 중간중간 깨어나 그렛에게 물을 한 모금씩 먹여 주었다. 밤새 이자벨과 새뮤얼은 청소를 했다. 열매 즙과 위액이 섞인 토사물을 버리고, 부엌의 큰 통에 그릇과 대야를 담아 씻고, 걸레로 바닥을 닦고, 더러워진 그렛의 침대 시트를 걷어 내고 깨끗한 시트를 깔았다. 드디어 청소가 끝나자, 새뮤얼은 그렛 침대의 발치에다 담요를 여러 장 깔고는 거기 누워 깊고 깊은 잠에 쿨쿨 빠져들었다. 이자벨은 그렛의 침대 옆 의자에 앉아 그렛을 지켜보았다. 눈꺼풀이 버티지 못하고 내려앉을 때까지.

처음에 윙윙 소리는 이자벨의 꿈속으로 섞여 들어왔고, 이자벨은 깨지 않았다. 하루 종일 낯선 소음과 많은 일들로 머리가 복잡했던 이자벨은 여전히 그 윙윙 소리를 그다지 뚜렷이 느끼지도 못했다. 하지만 아침에 잠에서 깨어났을 때 여전히 그 윙윙 소리가 들렸다. 이자벨은 얼른 그렛의 숨소리부터 확인했다. 그렛이 무사한 것이 확실하자 이자벨은 조용히 일어서 그렛을 깨우지 않으려 조심하며 현관 발코니로 나갔다.

마당에는 아무도 없었다. 하지만 머릿속엔 여전히 윙윙 소리가 들려왔고 점점 커지고 있었다. 이자벨은 흔들의자에 앉아 기다리기로 했다. 서서히 마당에 아침 햇빛이 가득 들어찼다. 소리는 더욱 커졌고 이자벨은 계속 기다렸다.

가장 먼저 숲을 뚫고 나타난 사람은 헨이었다.

"돌아가셨어?"

이자벨을 보고 소리치는 헨.

"출발할 때 위독한 상태였다고 제이콥이 그랬어."

"살아 계셔."

이자벨은 헨이 왔다는 안도감에 의자에서 거의 미끄러지다시피 했다.

"방에 누워 계셔. 그런데 깨우지 않게 조심해. 굉장히 탈진하신 상태니까."

헨은 서둘러 거의 넘어질 듯 계단을 올라가 안으로 들어갔다. 윙윙 소리가 더 커졌다. 이자벨은 기대하며 숲으로 고개를 돌렸다. 역시 제이콥이 나타났다. 그 뒤로는 슈거를 품에 안은 생쥐 녀석이 나타나 마당으로 들어왔다.

"살려 냈어? 열매가 살려 냈어?"

제이콥이 외쳐 물었다.

"그래, 살려 냈어! 열매가 살려 냈어!"

그리고 생쥐 녀석의 품에서 슈거가 잠이 묻어나는 목소리로 물었다.

"여기에 마녀가 살아? 제이콥이 착한 마녀라고 그랬는데, 난 착한 마녀라는 게 있다는 얘기 처음 들었어. 언니는 들어 본 적 있어?"

이자벨은 흔들의자에서 일어나 마당으로 내려갔다.

"마녀 아니야, 슈거. 제이콥, 너 가서 아이들한테 마녀 찾았다고 말한 건 아니지? 혹시 그랬어?"

"우리가 아는 그 마녀를 찾았다고 했는데. 하지만 절대 나쁜 마녀가 아니라고 말했어. 사실 굉장히 친절한 마녀라고 알려 줬어. 여기 사는 마녀에 대해서 겁낼 거 하나도, 눈곱만큼도 없다고 말했어."

제이콥은 자신이 그 정도는 수완을 발휘해 뿌듯한 것 같았다. 하지만 이자벨은 가까이에 와 있는 누군가의 오싹한 공포심을 느꼈다. 그리고 숲으로 눈을 돌리자 숲과 마당의 경계에 캠프에서 본 아이들 열댓 명 정도가 나타났다. 엘리자베스와 루크, 코넬리아, 그리고 이자벨이 간호했던 크고 작은 아이들이었다. 모두가 따뜻한 아침 햇살을 받고 서 있었지만 눈빛은 퀭했고 몸은 떨고 있었다. 그리고 대부분이 손에 막대기를 들고 있었다.

"네가 데리고 왔어?"

이자벨이 고개를 돌려 묻자, 생쥐 녀석이 고개를 끄덕였다.

"아니, 도대체 왜?"

"아이들이 마녀를 찾았다는 얘길 듣고는 마녀를 직접 보고 싶어 했어. 몇 명은 보기만 하고 싶어 하는 게 아니지만."

생쥐 녀석은 조심스레 슈거를 내려놓았다.

"마녀를 치겠대. 무슨 말인지 알아듣지? 제이콥이 그러지 말라고 계속 말렸는데, 듣지를 않아."

이자벨은 아이들을 보았다.

"엘리자베스? 너 왜 이러는 거야?"

"우린 마녀가 앞으로 절대 우릴 헤치지 못하게 하려는 것뿐이야."

"하지만 저 안에 있는 사람이 마녀가 아니라는 걸 알잖아. 너한테는 새뮤얼하고 내가 설명해 줬잖아."

엘리자베스는 숲에서 마당으로 완전히 나왔다. 손에는 굵은 나뭇가지가 쥐어져 있었다.

"네 할머니라며. 손녀가 왜 사실을 말하겠어? 네 말을 곧이곧대로 믿기는 어렵다는 게 지금 내 판단이야."

누군가를 안다고 생각하면 꼭. 이자벨은 이렇게 생각하며 당황스러움으로 떨리는 마음을 부여잡았다.

"그러면 새뮤얼 말은 왜 안 믿는데?"

그러자 엘리자베스는 차가운 눈으로 이자벨을 보았다.

"너희 둘 다 나한테 낯모르는 사람이긴 마찬가지야. 그리고 넌 마녀처럼 마법도 쓰잖아. 안 그래?"

이자벨은 입이 떡 하니 벌어졌다.

"마법은 너한테도 있잖아! 너도 우리 엄마가 날 보고 싶어 한다는 거 알아 맞췄잖아!"

엘리자베스는 어깨를 으쓱했다.

"네가 그런 말을 듣고 싶어 하는 것 같았으니까. 누구라도 그 상황에서 그 정도는 짐작할 수 있었을 거야."

두 아이가 말을 주고받는 사이, 다른 아이들이 엘리자베스의 등 뒤로 모였다. 아이들의 작은 군대였다. 이자벨은 이 아이들을 당해 낼 수 있을지 알 수가 없었다. 갑자기 캠프로 떠나기 전에 그렛이 건네 준 홀씨주머니가 생각났다. 그 주머니는 어디에 있지? 캠프에서 여기로 올 때 분명 가지고 왔을 텐데.

엘리자베스가 이자벨에게 다가섰다.

"난 그 마녀를 내 눈으로 직접 보고 싶어. 넌 방해하지 마."

하지만 이자벨은 자리에서 발을 떼지 않고 버텼다. 그리고 이자벨은 엘리자베스 뒤에 선 다른 아이들의 얼굴을 보았다.

"루크, 많이 나은 것 같아 보이네. 머리는 좀 어때?"

"어, 뭐, 괜찮아. 다 나았어."

루크는 뭔가를 더 말하려다가 쏘아 보는 엘리자베스의 눈빛에 입을 다물었다.

"코넬리아?"

이자벨을 보고 사랑하는 친구 도리라고 착각했던 작은 여자아이다.

"나오기 전에 차 마시고 왔어?"

코넬리아는 고개를 끄덕였다. 그리고 땅으로 눈을 내리깔았다. 코넬리아가 손에 든 나뭇가지는 그리 크지 않았다. 거의 잔가지였다. 이자벨은 코넬리아가 그 가지로 그렛을 죽이는 모습을 떠올려 보았다. 말도 안 돼. 정말 말도 안 돼.

그때 눈 깜짝할 사이에 엘리자베스가 어깨로 이자벨을 밀치며 나아가려 했다. 이자벨은 겨우 막아 버렸다. 빨리 생각을 해내야 했다. 무슨 수로 이 아이와 저 손에 든 나뭇가지를, 다른 아이들과 저 많은 나뭇가지들을 막을까? 이자벨도 나뭇가지가 필요했다. — 아니, 나무 한 그루가, 숲이 통째로 필요했다. —

"지금 아프시단 말이야! 지금 너희들 쳐들어가면, 잠에서 깨어나신단 말이야!"

절망적인 기분으로 이자벨이 외쳤다.

생쥐 녀석이 이자벨의 곁에 다가와서는 나직이 속삭였다.

"그렇게 말하면 애들이 잘도 설득되겠다."

하지만 생쥐 녀석은 이자벨과 나란히 어깨를 붙이고 벽을 만들어 침입자들을 막아섰다. 그리고 아이들에게 말했다.

"늙은 할머니 그냥 좀 쉬시게 내버려 두면 안 돼? 지금 저 안에서 겨우 숨만 쉬고 누워 계시다고."

이자벨도 말했다.

"너희도 그렇게 아팠잖아. 안 그래? 만약 저 안에 누운 게 마녀라면 어떻게 아플 수가 있겠어? 지금 안에서 헨이 차를 먹여 드리고 있어. 우리도 너희 열 내리게 하려고 차 먹여 줬잖아. 안 그래?"

"그러면 지금 열나는 거야? 우리가 걸렸던 병 걸린 거야?"

열 살쯤 되어 보이는 남자아이가 물었다. 그러자 제이콥이 나섰다.

"사……실, 내가 독을 먹였어. 완전 실수로. 일부러 그런 건 아니야. 어쩌다가……"

"마녀라는 걸 알고 독을 먹여 죽이려고 한 거겠지."

엘리자베스가 낮은 목소리로 날카롭게 말했다.

"아, 그건 아니고. 내가 파이를 만들다가 그랬어. 독을 넣으려고 한 건 아니었는데 병에 쓰인 글씨를 잘못 읽어 가지고. 순전히 실수였어. 누구나 할 수 있는 실수잖아."

창피해 보이는 제이콥의 얼굴.

루크가 손을 들고 물었다.

"그러면, 들어가서 한번 봐도 돼? 죽이거나 해치겠다는 게 아니라 그냥 상태가 어떤지 좀 봐도 되냐고? 나도 마녀가 아프다는 얘기는 처음 들어 봐. 아픈 게 사실이라면, 안됐어. 이번에 열나서 아프면서, 난 태어나서 이렇게 괴로웠던 적이 없었어."

그래서 이자벨은 말했다.

"나뭇가지를 내려 놔. 그러면 데리고 들어가 줄게. 그리고 대신 조용히 해 줘야 해. 지금 푹 주무셔야만 하니까."

그러자 슈거는 마치 열이 났던 지 몇 년쯤은 지난 사람처럼 말했다.

"나도 아팠을 때 몇 날 며칠을 계속 잤었는데. 그리고 나도 마녀가 아프다는 말은 들어 본 적 없어."

"마녀는 아프지 않아. 그러니까 그렛이 마녀가 아니란 걸 알 수 있는 거야."

이자벨은 이렇게 말하며 이미 빈약한 나뭇가지들을 바닥에 떨어뜨린 루크와 코넬리아에게 양손을 내밀었다. 마녀는 병들지 않는다는 것이 진짜인지 아닌지 이자벨도 알 수 없었지만, 그냥 그럴듯했다.

"그리고, 만약에 마녀라고 해도 아주 착한 마녀야."

하고 해맑게 덧붙이는 제이콥.

이자벨은 제이콥에게 손가락으로 목을 가로지르며 신호를 보냈다. 입 닫아. 그리고 입 모양으로 말했다. 마녀 소리 좀 하지 마.

글씨 읽는 데는 문제가 있는 제이콥이었지만 수신호와 입 모양 읽는 데는 문제가 없었다. 제이콥은 고개를 끄덕이고 입에 지퍼 채우는 시늉을 했다.

생쥐 녀석이 엘리자베스에게 손을 내밀었다.

"나뭇가지 수거할게. 무기는 입구에서 금지야."

무척이나 내키지 않는 듯 막대를 내어 놓고 엘리자베스가 말했다.

"대신 현관 앞에 놓아 둬. 나중에 필요할지도 모르니까."

그렛의 방으로 들어간 아이들은 벽 앞에 조용히 한 줄로 섰다. 헨이 침대 옆 의자에 앉아 물수건으로 그렛의 이마를 식혀 주고 있었고 맞은편에선 새뮤얼이 김이 올라오는 머그잔을 들고 서 있었다. 헨은 모두를 보더니 손가락을 입술에 갖다 댔다. 그리고 아주 작게 말했다.

"지금 아주 많이 아프셔. 그러니까 깨우면 안 돼. 하지만 조금 보고 서 있는 정도는 아마 상관 않으실 거야."

새뮤얼이 머그잔을 테이블에 내려놓고 일어서서 엘리자베스 앞에 팔짱을 끼고 섰다. 허튼 짓은 참아 주지 않겠다는 의사를 표정으로 확실히 표현하며. 그렛에게 무슨 짓 하려고 하기만 해 봐. 나한테 먼저 걸릴 테니까.

"너무너무 창백해."

루크가 속삭였고 아이들 몇이 고개를 끄덕였다.

"차에다가 꿀을 좀 넣지. 그러면 더 잘 넘어갈 거야."

다른 아이가 말했다.

몇 분 후, 이자벨은 모두에게 나가라고 손짓했다. 아이들은 현관 앞에 모였다. 그런데 이자벨이 주위를 둘러보아도 현관 앞에 모아 둔 나무 막대들이 사라지고 없었다. 그때 제이콥이 이자벨과 눈을 마주치며 윙크를 하더니 집 옆쪽으로 고개를 까딱했다.

이자벨은 아이들에게 물었다.

"이젠 내 말 믿어? 진짜 마녀는 몸이 아플 일도 없고, 회복하기 위해서 헨이나 내가 간호해 주어야 할 일도 없다는 거?"

대부분의 아이들이 고개를 끄덕였다. 엘리자베스를 쳐다본 이자벨은 엘리자베스의 눈에 고인 눈물에 깜짝 놀랐다.

엘리자베스는 작은 목소리로 말했다.

"우리 엄마도 저렇게 누군가가 간호해 주었더라면 좋았을 거야. 하지만 아무도 와 주지 않았어. 병에 옮을까 겁나서. 아빠만 엄마를 돌봤고, 아빠도 결국 돌아가셨어."

슈거가 타박타박 걸어 엘리자베스에게 다가갔다. 그리고 말했다.

"그렛은 마녀 아니야. 우리한테 나무 막대기 꼭 들고 와야 된다고 그러지 말지."

엘리자베스는 손으로 눈을 훔쳤다.

"모두를 위해서 죽이는 게 좋을 거라고 생각했어."

"하지만 아니잖아."

"그래, 아니야."

"다들 앉아 있을래? 내가 아침밥 좀 챙겨 가지고 올게."

이자벨의 말에 아이들은 발코니 바닥에 흔들의자에 계단에 자리를 잡고 앉았다. 집 안으로 들어가려 몸을 돌리던 이자벨은 제이콥이 뒤따라오는 것을 보고 놀랐다.

"너 지금 뭐해?"

그러자 이렇게 대답하는 제이콥.

"내가 아침밥 차리는 거 도와줄게. 나 음식 좀 만들거든. 안 믿기면 그렛한테 가서 물어봐."

이자벨은 눈을 감았다. 웃어야 하나 울어야 하나? 아, 어떡할까?

이자벨은 숨을 깊이 들이쉬고 고개를 설레설레 저었다.

그리고 웃었다.

레몬밤 (Melissa officinalis)

두통을 달래 주고
심장 박동을 안정시키고
복통을 완화한다.

42

저녁 메뉴는 레몬밤 수프로 결정되었다. 그리고 레몬밤은 이자벨이 자진해서 따 오기로 했다. 단지 따 올 수 있다는 것을 증명해 보이기 위해서.

"저 아이는 아직 배우는 중이에요."

발코니 흔들의자에 앉은 그렛이 나란히 앉은 여자 분에게 몸을 기울이며 말했다.

"다른 아이들이 전부 따님처럼 나면서부터 알지는 않거든요."

여자는 고개만 끄덕일 뿐 대답은 하지 않았다. 이자벨은 그렛이 헨의 어머니 드리마와 함께 시간을 보내며 딸에게 재능이 있다는 이야기, 그 재능을 꼭 키워 주는 것이 좋겠다는 이야기를 천천히 조용조용 전하는 방식에 감탄했다. 헨의 어머니는 대답을 해 봤자 고작 '아, 네.' 아니면, '그래요?' 정도였지만 이자벨은 그렛이 뿌리는 씨앗이 헨의 어머니 마음속에서 천천히 뿌리를 내리는 모습이 보이는 것 같았다.

이자벨은 이 작은 집의 뒤편, 장작더미 뒤 그늘진 풀밭으로 향했다. 요즘 밤에 공부를 하며 레몬밤이 다른 허브들과는 달리 그늘진 곳에서 잘 자라난다는 것을 배운 이자벨, 어디에 레몬밤 한 무더기가 자라 있을지 알 것 같았다.

그렛이 거의 죽을 뻔했던 그 밤 이후 지금까지, 삼 주 동안 이자벨은 식물 연구자, 식물학도가 다 되었다. 스스로에게 약속한 대로 말이다. 이 땅에 잎을 피운 적 있는 모든 허브에 대한 모든 정보를 빨아들이려는 양 열심이었다. 이자벨에겐 헨과 같은 선천적 재능이 부족한 것도 사실이었고, 스니즈위드, 머니워트, 선갈퀴아재비 등의 식물에 대한 설명을 한 30분 정도만 읽다 보면 어느새 눈꺼풀이 무거워져 그렛이 공부하라고 준 책에 둥그렇게 침이 고이는 것도 사실이었다. 하지만 이자벨의 의지는 결연했다. 배울 수 있어.

있을 거라고 기억했던 그곳에 역시 레몬밤이 있었다. 이자벨은 레몬밤 줄기에서 조심스럽게 잎을 따 바구니에 담았다. 레몬밤에서 나는 박하 향이 정말 상쾌했다. 아마도 이런 식물들을 가꾸는 일이 여기서 내가 해야 할 일이다, 라고 이자벨은 생각했다. 지금 몸이 약해진 그렛은 봄에 땅을 파고 잡초를 뽑고 새 풀들을 심는 일에, 가을에 씨앗을 수확하는 일에 반드시 누군가의 도움이 필요할 테니까. 정원사 이자벨이라. 어감도 좋았다.

하지만 우선은 레몬밤부터. 수프도 만들고. 아, 제이콥이 수프 만드는 일을 넘볼 것이 분명하다. 이자벨은 그러라지 뭐, 생각했다. 물론 당장 이자벨의 목표는 이 집에서 대체할 수 없는 사람이 되는 것이긴 하다. 맛있는 수프 한 그릇을 만들 수 있는 사람보다 대체할 수 없는 사람이 있을까? 게다가 음식에 독을 넣는 실수를 한 지 얼마 안 된 제이콥에게 음식을 하도록 맡겨도 될까? 하지만 제이콥이 하겠다고 고집을 피울 테니 말이다. 그렛을 거의 죽일 뻔한 일을 어떻게든 조금씩이라도 만회하고 싶어서.

레몬밤 잎을 담은 바구니를 들고 집으로 들어가자 부엌에서 헨이 말했다.

"엄마가 우리 점심 먹고 일어설 거래. 칼루 혼자 어린애들 너무 오래 보게 하기가 그러시대. 해야 할 집안일도 있고."

"너 내일 개울가에 안 나갈래? 나 이제부터 버섯 공부 시작하거든."

싱크대 옆 조리대에 바구니를 내려놓으며 이자벨은 헨에게 물었다.

"봐서 시간 되면. 그렛이 약을 좀 만드셔야 하거든. 마을에 심한 기침이 돌고 있어."

이자벨은 레몬밤을 물로 헹구어 씻기 시작했다. 어쩌면 제이콥이 오늘은 음식을 만들겠다 고집하지 않고 수프 끓이기는 이자벨이 차지할 수 있을 것도 같았다. 이자벨은 꼭 필요하고 도움이 되는 사람, 빼놓고 생각할 수 없는 사람이 되려 노력 중이다.

어젯밤, 그렛의 얼굴에 떠오르던 표정이 아직도 눈에 선했다. 이자벨이 살던 세계로 되돌아가지 않을 거라는 결심을 말했던 것이다. 그렛의 왼쪽 눈썹이 한껏 올라갔었다. 그게 과연 옳은 결정일까, 하고 생각하듯이.

그렛은 무릎에 얹은 담요를 좀 더 끌어당기며 물었다.

"엄마 안 보고 싶어? 그리고 엄마는 네가 안 가면 너 안 보고 싶어 할까?"

"엄마 보고 싶을 거예요."

이자벨은 솔직하게 말했다. 그리고 엄마가 체인질링이라는 얘기, 엄마에게 마법이 잠재되어 있다는 얘기를 본인에게 해줄 수 없다는 사실이 벌써부터 안타까웠다.

"그래도 제가 더 필요한 사람은 엄마가 아니라 할머니잖아요."

그렛의 대답은 '흠.' 그게 다였다. 이자벨은 더 밀어붙이지 않았다. 이미 돌아가지 말아야 할 수많은 이유들을 매일 밤 정리해 두었다. 나이가 든 데다 몸이 더 나빠진 그렛에게 얼마나 도움이 필요한가에 대해서. 만약 이자벨이 돌아가면 그렛에게 누가 밥을 해 주나? 누가 허브를 돌보고 따고 말려 포장을 하나? 헨이나 제이콥이 어느 정도는 돕겠지만, 과연 언제까지?

그리고 이자벨은 아마 나중에 돌아갈 수 있을 것이라고 생각했다. 그렛의 몸이 더 회복하고 생활도 예전처럼 할 수 있을 때 말이다. 어쩌면 그때까지 이자벨이 두 세계를 오가는 방법을 알아낼 수도 있지 않을까? 그러면 엄마를 여기로 데려올 수 있을 것이다. 가족 상봉!

하지만 사실, 가장 큰 이유는 눈앞에 그렛의 모습이 보이지 않으면 이자벨이 불안해서 견딜 수가 없었던 것이다. 손바닥에서 축축히 땀이 나고 다리가 근질거렸다.

"내가 그 증상 나아지게 하는 연고를 만들어 줄게. 곧바로 진정되는 효과가 있어."

그렛과 떨어져 있으면 너무 불안하다는 이자벨의 토로에 그렛은 이렇게 말했다.

"할머니가 예전처럼 완전히, 완벽히 건강해지시면 저절로 진정될 거예요."

"그러려면 시간이 걸릴 거야. 그러는 동안 네 인생도 흘러가고, 네 엄마 인생도 흘러가."

하지만 이자벨은 눈도 꿈쩍하지 않았다. 그렛에겐 이자벨의 도움이 필요했다.

이자벨은 레몬밤을 도마에 올려놓았다. 수프에 넣기 적당한 크기로 썰려는 순간, 귀신 같은 타이밍으로 제이콥이 나타났다. 제이콥은 칼로 손을 뻗으며 말했다.

"그거 내가 할게. 밖에서 찾으시니까 나가 봐."

행주에 손을 닦고 밖으로 나가 보니 헨 어머니가 마치 갈 준비가 된 듯 일어서 있었다. 그렛이 이자벨을 보고 말했다.

"헨하고 헨 어머님께 햇감자를 좀 드리고 싶은데, 네가 갖다줄래? 지하 저장고에 가 보면 바구니 안에 있어. 너하고 내가 싹 나기 전에 다 먹어 치우지 못할 만큼 많아."

무겁게 감자를 들고 오기보다는 그냥 수프를 계속 만들고 싶어 얼굴이 찌푸려지던 이자벨은 금세 입꼬리를 올렸다. 꼭 필요한 이자벨, 무슨 일이든 맡길 수 있는 이자벨이어야 한다. 하라는 일은 해야지. 아무리 헨이 이틀 전에 지하 저장고 구석에서 몸을 말고 낮잠 자는 뱀 한 마리를 발견했다지만.

지하 저장고는 서늘했다. 희미하게 나는 냄새가 세탁실 냄새와 비슷했다. 축축하고 더러우면서도 동시에 깨끗한 냄새. 등 뒤의 문이 찰칵 하고 닫혔고 이자벨은 곧 무너질 듯 위태롭게 느껴지는 계단을 한 발 한 발 조심스레 내려갔다. 더듬더듬 불 켜는 스위치를 찾던 이자벨은 이내 이곳이 불 켜는 스위치도, 전화만 하면 달려와서 엉뚱한 곳에 나타난 뱀을 잡아 가는 애니멀컨트롤 담당관[19]도 없는 세상이라는 것이 기억났다. 한 칸 내려갈 때마다 난간을 꼭 붙들고 발가락으로 먼저 계단을 짚어 본 다음 온 발바닥을 디뎠다.

작은 창문으로 햇빛이 들어오는 어둑한 지하 저장고. 아, 감자가 보였다, 저장고 한가운데서 가느다란 햇살을 쬐고 있었다. 그리고 시야에 뱀은 보이지 않았다. 이자벨은 안도의 한숨을 내쉬고 감자 바구니를 허리께로 들어 올렸다. 다시 난간을 꼭 잡고 끝까지 계단을 올라간 이자벨은 맨 위 칸 계단에서 조심스레 균형을 잡고 문손잡이를 돌렸다.

손잡이가 꿈쩍도 하지 않았다.

짜증은 내지 말자, 이자벨은 문손잡이를 한 번 더 돌려 보며 스스로에게 말했다. 난 지금 명랑이 콘셉트야. 한 바구니 가득 감자를 안은 누구나 좋아할 명랑한 소녀. 하지만 손잡이는 여전히 조금도 돌아가 주지 않았다. 다시 돌려 보았다. 마찬가지였다.

이자벨은 문을 똑똑 두드렸다.

"제이콥! 헨! 문이 고장 났어!"

반응이 없다.

창고 구석 쪽 까만 어둠이 등 뒤 계단을 타고 이자벨에게로 스멀스멀 올라오는 것 같았다. 바닥에서는 희미하게 쉿쉿거리는 소리가 들려왔다. (적어도 이자벨의 귀에는 그랬다.) 마치 뱀 한 마리가 아니라 수많은 뱀들이 우글우글 계단 맨 아래 칸으로 모여들고 있는 것처럼.

이자벨은 바구니를 떨어뜨리고 문을 쾅쾅 두들겼다.

"문 좀 열어 줘!"

짜증난 목소리든 화난 목소리든 예의 없는 목소리든 더는 상관하지 않고, 이자벨은 외쳤다.

"누구 없어요? 나 갇혔어요! 나 좀 내보내 줘!"

그리고, 문이 열렸다.

이자벨은 가슴을 쓸어 내리며 한숨을 내쉬었다.

"아, 다행이다."

그리고……

…… 이자벨 빈은 다시 빠져나왔다.

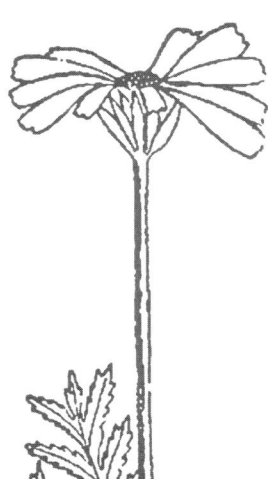

43

"미안, 미안! 아우, 야, 난 그냥 장난한 건데."

찰리 벤더가 보건실 벽장 앞에 서 있었다. 당황스러운 표정이었다.

"너 어두운 거 무서워했어? 그랬으면 진짜 미안. 그냥 살짝 장난치려고 한 거야. 너 그 안에 한 5초 정도밖에 안 있었어."

5초?

이자벨은 크게 숨을 들이쉰 다음에야 벽장 밖을 나왔다. 마음을 추스를 시간이 필요했다. 울음을 터뜨리고 싶지 않았다. 이자벨은 실수로 일어난 일일 거라고 확신했다. 별거 아닌 일시적인 상태일 뿐이고, 그렛이 금세 고쳐 놓을 거라고……

5초?

"괜찮아, 내가 약간 밀실 공포증이 있어서 그래."

이자벨은 마침내 입을 열고 찰리에게 대답했다.

찰리는 보건 교사의 자리에 앉아 쓰레기통 뚜껑 위에 두 발을 올려놓았다.

"아, 나도 그래. 내 친구 중에 데어드리라고 있는데 걔네 지하에 있는 화장실이 냉장고만 하게 작거든. 난 그 화장실에서는 볼일 못 봐. 들어가 있으면 두드러기가 올라오려고 해서."

이자벨은 보건실 문 옆의 의자에 앉았다. 마음을 진정시켜야 했다. 이 상황에 적응을 해야 했다. 그리고 발을 내려다보자, 신고 있던 빨간 부츠가 벽장 속으로 빠져들기 전처럼 깨끗하게 빛나고 있었다.

그리고 그때, 부츠 바닥 밑에서부터 또 그 윙윙거림 느껴졌다. 저 아래 그곳에서부터 올라오는 소리일까? 그렛이 이자벨을 부르는 걸까? 뭔가가 잘못된 걸까? 누군가가 아픈 걸까? 그 캠프에서 올라오는 소리일까? 하지만 그럴 리는 없는데. 캠프의 아이들은 모두 집에 갔다.

아니다. 이자벨은 보건실 건너편을 보며 깨달았다.

찰리 벤더에게서 오는 소리였다.

"발목 좀 어때?"

이자벨은 물었다. 이자벨이 앉은 곳에서도 찰리의 양말 속 부어오른 발목이 보였다.

"아파. 많이 아파."

"그럼 내가 식당에서 얼음 좀 얻어 올게. 아마 붓기 가라앉히는 데 도움이 될 거야."

"어, 그래 줄래? 아, 보건 선생님이 오시긴 오시는 건지 모르겠어."

고마운 듯 말하는 찰리 목소리에 약간 물기가 배인 것을 느꼈다.

"내가 응급 처치하는 법을 좀 잘 알거든. 우리 할머니한테 배웠어."

"와, 우리 할머니가 나한테 가르쳐 주신 건 카드 게임밖에 없어. 그거 되게 지루해."

이자벨은 고개를 끄덕이고 말했다.

"그럼 금방 올게."

이자벨은 보건실에서 나와 식당 쪽으로 걸음을 뗐다. 긴 복도를 걷는 동안 이자벨은 여러 교실의 문 아래 틈새로 생각들이 흘러나와 자신의 뒤를 따라오는 것을 느꼈다. 조각조각, 의미를 알아들을 수 있었다. 이자벨은 이제 할 일이 많다는 것을 알았다.

어쩌면 남겨 두고 온 모든 것들을 그리워할 시간이 그리 많지 않을 것도 같았다.

나는 지금도 이따금씩 아이들의 생각이 들린다. 하지만 내가 주로, 대부분 듣는 것은 우리 할머니, 그렛의 생각들이다. 할머니 같은 생각, 관절염 생각, 자신이 실제 나이보다 마흔 살은 어리다고 생각하는 생각들. 할머니는 밭에 난 잡초를 뽑고 골든씰을 가루로 만들어 봉투에 담는 일을 도와줄 사람이 필요하다. 그리고 예전만큼은 일을 할 수 없어 괴롭다. 그 괴로운 심정이 내게 들려온다. 그러다 멈춘다. 그러면 나는 헨이 왔다는 것을 안다.

 헨과 새뮤얼의 생각도 들을 수 있었으면, 하고 바라지만 들을 수 없다. 나는 절반만 체인질링, 내 능력은 거기까지다.

 사실, 난 이 능력들이 서서히 사라져 버릴까 두렵다.

 그래, 아마 당신은 나와 우리 엄마를 본 적이 있을 것이다. 비교적 평범해 보이는 모녀. 60대를 바라보는 엄마와 이제 고등학교를 졸업하는 딸. 어쩌면 약간은 이상해 보일는지도 모른다. 보일락말락하는 한 줄기 은빛 '딴세상스러움'이 머리에서 등뼈를 타고 흘러내릴는지도. 하지만 보통 사람들과 크게 다를 것 없는 모습으로 우린 마을을 돌아다니며 이 문 저 문을 노크하고 문손잡이를 당기고 기대에 찬 얼굴로 속을 들여다본다.

짐작이 가겠지만 함께 문을 열어 가 보자고 엄마를 설득하기가, 처음엔 결코 쉽지 않았다. 땀을 좀 뺐다. 이야기를 꽤 많이 했다. 이야기라 함은, 바로 이 책 속의 이야기 말이다.

체인질링인 우리 엄마. 다른 세계에서 돌아온 후, 나는 나일론 블라우스에 달라붙은 정전기나 기름종이처럼 엄마 곁에 찰싹, 붙어 다녔다. 머리끝에서 발끝까지 엄마를 관찰했다. 엄마 팔에 난 주근깨를 보며 그 모양의 의미를 해석했다. 벽장 속과 문 뒤에 숨어 엄마가 무슨 이상한 행동을 하지 않는지, 마법을 부리지 않는지(요정들이 엄마를 데려오면서 요정의 가루[20]를 묻혔는지도 모르니까. 기대는 해 봐야지.) 훔쳐보았다.

하지만, 대부분의 시간, 엄마는 그냥 보통 엄마였다. 스트레스로 지친 엄마. 자기가 엄마 노릇을 제대로 하고 있는지 걱정하는 엄마. 그리고 정작 본인은 엄마의 돌봄을 받아 본 기억이 없는, 그런 의미에서 딸이어 본 적 없는 우리 엄마.

하지만, 내가 돌아온 지 몇 달쯤 지난 어느 날, 난 튀어나온 못에 팔을 긁혔다. 빨간 줄이 갔을 뿐 피는 거의 안 난 그 상처에 엄마가 손을 갖다 댔는데……

사라졌다, 그 상처가.

실제다.

처음으로 엄마를 그 보건실에 데려간 날, 나는 말했다.

"내 손 위에다가 엄마 손 얹어 봐. 그리고 믿어야 돼. 딱 5초 동안만 믿어 봐. 5초면 충분해."

하지만 일은 일어나지 않았다. 엄마가 진심으로 믿지 않았던 탓일까? 아니면 내가 너무 자라서? 내가 너무 현실적이고 너무 성숙해지고 있어서?

아무튼, 내 생각엔……

당신이 나를 좀 도와주면 어떨까?

문은 거기에 많다. 당신이 그저 그 '다른-세계로-통하는-문'들의 손잡이 몇 개만 돌려 본다면, 학교 관리실의 벽장문을 확인해 본다면, 구두 밑창 아래의 바닥에 주의를 기울여 본다면……

혹 발가락 밑에서 윙윙거림이 느껴지면, 나에게 알려 주라.

옮긴이 주

[1] 알파벳 모양의 파스타나 시리얼 등을 넣어 만든 수프.

[2] 사과를 갈아 시나몬, 정향 등의 향신료를 첨가해 사과 과육의 당분이 캐러멜색이 되도록 바특하게 졸인 것. 주로 버터처럼 빵에 발라 먹는다.

[3] 커다란 천 주머니 안에 말린 콩이나 플라스틱, 스티로폼 조각 등을 채워 만든 의자.

[4] 스코틀랜드의 전통 아침 식사. 부수거나 얇게 자른 귀리(오트밀)를 물이나 우유 등에 넣어 끓인 죽. 보통 따뜻하게 먹으며 먹기 직전 소금이나 우유, 크림 등을 넣어 먹기도 한다.

[5] 귀신, 혹은 물체에 깃들어 가구를 움직이거나 물건을 집어 던지는 귀신을 뜻하기도 한다.

[6] Angel Fisher, 천사 낚시꾼.

[7] 이자벨이 떨어져 내려간 세계에서처럼 우리의 세계에도 과거에 '9년 전쟁'이라 불린 전쟁이 있었다. 17세기 말, 영토를 확장하려는 프랑스 루이 14세(태양왕)에 맞서 나머지 유럽 국가들이 동맹하여 맞서며 발생한 전쟁으로 유럽 본토뿐 아니라 북미 대륙에서까지 벌어졌으며 북미의 식민지에서는 윌리엄 왕 전쟁이라고 알려졌다.

[8] 숲을 의미하는 forest와 woods에 대해 이자벨이 느끼는 서로 다른 어감에 대해 이야기하는 부분이다. forest, woods 두 단어가 본문에서 설명되고 있는 바를 고려했을 때, 우리말 표현(삼림, 숲 등등) 가운데 일치하는 표현이 없어 차선의 우리말 표현으로 번역할 경우에 원문에서 말하고자 하는 바에서 멀어

질 수밖에 없다. forest와 woods, 각 단어가 영어 문화권에서 어떻게 받아들여지느냐에 대한 이야기라는 점을 살리는 것이 가장 의미 있다고 생각해, 원문의 단어 forest, woods를 발음 그대로 포레스트, 우즈라고 표기하는 방법을 선택했다. 다만 이렇게 번역된 부분이 약간의 혼란을 줄 수도 있을까 염려해 주석을 달았다.

9 동식물에서 얻은 약재를 알코올 또는 물과 섞은 알코올에 우려낸 약품.

10 전문가인 스승 밑에서 일하면서 일대일로 기술을 전수받는 사람.

11 '육두구'라고도 불린다. 향긋한 단맛이 나고 주로 갈아서 빵이나 과자, 여러 음식에 이용한다.

12 1960년대 미국에서 시작된 사회 운동 중 하나로 젊은이들이 기존 사회 질서와 가치관으로부터 자유로운 대안적 가치들을 추구하며 인종 차별, 전쟁 등에 반대하고 사랑, 평화, 개인의 행복 등을 강조했다. 오늘날에도 의식, 예술, 패션 등 다양한 방면에서 히피 문화를 엿볼 수 있다.

13 미국에서 대중적인 스포츠로, 야구와 비슷하지만 더 큰 공으로 더 작은 필드 위에서 경기한다. 특히 공을 던질 때 야구와는 반대로 팔을 아래에서 위로 올리며 던지고 공은 낮게 날아간다. 이름과 달리 공은 야구공보다 부드럽지 않다.

14 야생 양파, 야생 부추 등으로 불리기도 하는 식물로 양파, 마늘 대용으로 쓰인다.

15 아일랜드 민화에 등장하는 여자 유령. 구슬픈 울음소리로 가족 중 누가 죽게 될 것을 알려준다.

16 가공되거나 가공되지 않은 돼지 기름. 여러 음식에 이용되고 특히 굳혀 가공한 라드는 빵이나 과자를 만드는 데 많이 사용된다.

17 관목. 높이가 보통 사람의 키보다 낮고 주줄기가 분명하지 않으며 밑동이나 땅속에서부터 줄기가 갈라져 나는 나무. 친숙한 떨기나무로 진달래, 개나리 등이 있다.

18 덩어리 약을 갈아 가루로 만드는 데 쓰는 작은 방망이.

19 시민들이 전화로 요청을 하면 건물이나 도시에 나타난 야생 동물이나 길을 잃은 반려 동물 등을 잡아 임시 보호소로 데려가 주는 사람. 데려간 동물들은 주인을 찾거나 야생으로 방사되고, 다쳤을 경우 치료를 받는다. 학대받는 동물 구조, 동물에 대한 의식 교육, 동물에 물린 사람 치료 등 동물에 관련된 여러 가지 일을 담당하고 있다.
20 『피터팬』에 등장하는 요정 팅커벨이 뿌리는 가루로, 이 가루를 맞은 사람은 날 수 있게 된다.

옮긴이 말

아이들에게서 '이상하다'는 얘기를 들으며 따돌림을 받던 이자벨은 벽장 너머 빠져 들어간 신비로운 세계를 걷다 어딘지 낯설지 않은 여인 '그렛'을 만납니다. 그리고 숨겨진 그의 이야기를 듣습니다. 둘은 닮았습니다.

마을 사람들의 공격을 피해 달아나 살아남은 그렛과, 오랜 따돌림을 받아 온 이자벨. 두려움 때문이든, 누군가를 밖으로 몰아내어 자신은 속해 있다고 느끼기 위해서든 '다르다'는 낙인을 찍어 누군가를 희생시키려는 사람들의 태도를 두 사람은 경험했습니다.

특별한 능력을 지녔다는 이유 등을 들어 많은 여성들을 희생시킨 일이 15~18세기 스위스, 독일, 프랑스, 영국 등 유럽 여러 나라들과 미국에서 실제로 있었습니다. '마녀사냥'이라는 말의 기원입니다. 마녀사냥이 한창이던 때는 흔히 상상하는 것처럼 중세 암흑기가 아니라, 르네상스, 계몽주의 시대에서 근대에 걸치는 시대였습니다. 폭풍을 일으켜 땅을 황폐화시켰다는 둥 어린아이를 잡아먹었다는 둥 사람들의 공포가 자아낸 얼토당토않은 누명을 쓴 수많은 여성들이 고문당하고 화형에 처해졌습니다. 평범한 사람보다는 약초를 잘 다루거나 산파술이 있는 등 사람을 치유하는 능력이 있는 여성이 그 대상이었습니다. 사람들은 자신들이 느끼는 온갖 공포를 '마녀'의 탓으로 돌렸습니다.✪

시간이 흐른 오늘날에도 '마녀사냥'이라는 말은 여전히 쓰이고 있습니다만, 이제는 '달라서 아름답다'는 이야기, '다양성 존중'을 말하는 목소리들도 문화 속에서 다채롭게 변주되어 들려오고 있습니다.

단 두 사람도 서로 같을 수는 없기에, 사람들과 어울려 살아간다 해도, 이미 모든 사람들의 사랑을 받으며 살아간다 해도 누구든 남과 '다른' 자신의 면모에 대해 느끼며 살아갈 것입니다. 저마다의 방식으로 자신의 '다름'을 받아들이는 것일 테지요. '다름'에 대한 이야기란 특별한 타인에 대한 이야기이기 전에 '자기 자신'을 대하는 스스로의 시선에 대한 이야기로 다가갈 수 있을 거라 생각했습니다.

✪ 이진아, "남자 의사, 여자 마녀", 『녹색평론』 제77호, 2004년 7-8월호; 찰스 맥케이, 『대중의 미망과 광기』, 이윤섭 옮김, 창해, 2004.

자신과 타인의 서로 다름이 자연스럽고 아름답게만 느껴질 때는 언제였나요? 남들과 '다른' 자신의 면들이 두렵고 이상하게 느껴지기도 했는지? 하지만 혹 그랬대도, 동의해 줄 사람이 없어 보여도, 사실은 괜찮다는 것을 마음 깊숙한 곳에서 알고 있지는 않았는지? 아이들의 '이상하다'는 말들에도 자신은 그저 '자신 같을 뿐'이라고 느끼던 이자벨처럼 말입니다.

이자벨이 '이상한 아이'란 소리를 듣게 했던 그 면들이 사실은 이자벨을 그 세계로 들어갈 수 있게 해 준 열쇠였고, 이자벨이 타고난 선물이었습니다. 남들의 시선을 기준으로 속단하기 전에, 스스로를 그대로 사랑하고 보라는 말. 흔하지만 여전히 주고받고 싶은 메시지입니다. 독자들과, 혹은 제 스스로와. 그런 이야기를 담은 이 책을 번역하며, 기대와 긴장감이 가득 밀려왔습니다. 그리고 이제는 독자 여러분의 목소리가 궁금합니다.

모험 이야기면서도 눈앞에 펼쳐지는 일들 말고도 마음속 목소리들이 솔깃했던 이야기, 풀 향기와 땅의 향기가 나는 이야기. 현실을 닮았으면서 현실을 환상의 눈으로 다시 보게 한 이 이야기. 그리고…… 또 어떤 이야기였나요?

 을 시작하며

또하나의문화에는 다락방이 있습니다. 다락방엔 청소녀/년들이 글도 쓰고 다큐멘터리도 찍고 그림도 그리고 파티도 벌이고 서울 나들이 온 친구들이 머물다 가기도 합니다. 요즈음엔 연극을 만들어 보겠다는 꿈, 잡지를 만들어 보고 싶다는 꿈을 현실로 옮기려는 십대, 이십대들이 다락방을 들락거립니다.

그들을 지켜보다 다락방에 청소년들이 읽을 만한 책이 더 많으면 좋겠다는 소망을 갖게 되었고, 그 소망을 가진 이들이 모여 다락방N 시리즈가 만들어졌습니다. 다락방N 시리즈는 상상을 넘나드는 즐거움을 아는, 다름이 공존하는 세상을 바라는 십대와 성인을 위한 책입니다. 판타지 세계로 빠져들기도 하고 시대를 거슬러 올라가기도 하고 미래를 여행하기도 할 겁니다.

독자 여러분, 다락방에 숨어들어 읽고 싶은 책 있으면 소개해 주세요. 다락방에 틀어박혀 열심히 써서 함께 나누고 싶은 작품이 있으면 보내 주세요. 언제든 환영합니다. 저마다 N개의 다락방을 짓기를 바라며.

falling
in 거기, 마녀가

초판1쇄 펴낸날_2010년 9월 1일
지은이_프랜시스 오록 도웰
옮긴이_강나은
펴낸이_유승희
편집_황보인경 마케팅_고진숙 관리_손미경
펴낸곳_도서출판 또하나의문화
주소_서울 마포구 동교동 184-6 대재빌라 302호
전화_ 02-324-7486 팩스_02-323-2934
전자우편_tomoon@tomoon.com
누리집_www.tomoon.com
등록번호 제9-129호(1987.12.29)

ISBN 978-89-85635-86-8 43840

* 이 도서의 국립중앙도서관 출판시도서목록(CIP)은 e-CIP 홈페이지(http://www.nl.go.kr/ecip)에서 이용하실 수 있습니다.(CIP제어번호: CIP2010002959)